作家とおやつ

平凡社

目次

Ⅰ　おやつの美学

II　名店のあの味を

Ⅲ 菓子はノスタルジイ

Ⅳ 甘味いまむかし

題字　塩川いづみ
装幀　佐々木暁

作家とおやつ

I おやつの美学

手前に饅頭らしき菓子。谷崎潤一郎　一九三〇年

いい時間のつくりかた

長田弘

小麦粉とベイキング・パウダーと塩。
よくふるったやつに、バターを切って入れて
指さきで静かによく揉《も》みこむんだ。

それに牛乳を少しずつくわえて、
ナイフで切るようにして混ぜあわせる。
のし板に打ち粉をふって

耳たぶの柔らかさになるまでこねる。
めん棒で平たくして型をぬいて、

そして熱くしておいたオーヴンに入れる。
スコーンは自分の手でつくらなくちゃだめだ。
焼きあがったら、ひと呼吸おいて
指ではがすようにして横ふたつに割る。

割り口にバターとサワークリームをさっとぬる。
好みのジャムで食べる、どんな日にも
お茶の時間に熱いスコーンがあればいい。

一日にいい時間をつくるんだ。
とても単純なことだ。
とても単純なことが、単純にはできない。

長田弘

ゴマじるこの作り方

平塚らいてう

この美しい暮しの手帖の第二号で「陰陽の調和」という題で、食べもののことを、書きましたが、その中でわたくしは、ゴマじるこ礼讃をいたしました。そして風味においても、栄養価においても普通の小豆じるこの比ではない。同じようなおしるこを食べさせる店は、多過ぎるほどあるが、どこかにこのゴマじるこを食べさせてくれるような特殊な店はできないものか、などと申しました。

ところが、二三の友だちからその作り方をたずねられましたが、最近また関西の未知の人から、商売にやりたいから是非教えてくれという手紙を受取りました。研究所の方にも同じ問い合せが来ているとか。礼讃だけして、その作り方を書き添えなかったのは、いわばわたくしの手落ちのようなもの、そこで、ここに作り方を御披露いたします。多くの方々に知って頂き、大にはやらせて頂ければ本望でございます。

まず、黒ゴマをゴマ塩やゴマあえを作る時のように、焦さないよう注意して炒ります。といって弱火でグズグズ炒ったのでは、香りが立ちませんから、強火で、パチパチはねさせて手ばしっこく炒り上げます。それを乾いた摺鉢で十分にすります。すっていますとだんだんゴマから油が出てきて、とても堅く、すりこぎが廻りにくくなり、汗が出てくるほど骨が折れますが、そこをがまんして、丹念にすって、すって、すりつづけます。ですからわたくしのようなものには苦が手ですが、奥村は実に持前の熱意と気永さとで、代ってやってくれます。そばで、わたくしがもういい頃でしょうと、何度か言葉をかけてもなかなかきいてくれません。それだけにわたくしのところで作る「ゴマじるこ」はすばらしい出来栄えで、奥村にいわせればオニクスのような光沢《つや》が出るまですらなければ、これの本当の味覚は得られないというのですが、つまりよく、よくするということが、「ゴマじるこ」を上手に作る唯一の秘訣なのです。すり辛いために誰れでもつい早く水を加え度くなりますが、そうするとキメがあらくなり、もう取返しのつけようがなく、きっと失敗します。ゴマが実に黒々と照った、ほんとうに例えようもないほど滑らかな泥状のものとなったところで、初めてぬるま湯を、少しずつ入れて、おしるこ程度の濃さ（といってもいくらか濃いめに）に、すりながらのばして行きます。それを鍋に移し、煮立て、砂糖と塩少々で味をつけますが、黒砂糖ならばなお結構です。時々かきまわし、よく煮立ちましたら、おろし際にクズをうすめにひいても好いかと思います。この場合、クズも片栗などより、もし本葛が手にはいれば、もちろんその方がよろしいのです。

それから中にいれるお餅ですが、どうもごまじるこには焼いたものはいけません。ゆでて柔らかくなった――丁度ギュウヒのような感じの出たものがよくうつります。それには手搗の、ほんとうによくついたお餅が望ましく、更にぜいたくをいえば、搗きたてのところを、そのますぐ入れれば、申分はないのですが、そこまでは望めそうもありません。

ゴマじるこは、とても濃厚なもので、小豆じるこのように、たくさん頂けるものではありませんから、つけるお椀もどちらかといえば、小さめなものを選ぶ方がよろしいでしょう。健啖家といわれるような人でも、小さなお椀で一度おかわりをする位のところでしょうか。

しかしこの味を一度知ったものには、とても忘れられないものとなるでしょう。

なおこまかなことは、作りながらごめいめいで、ご工夫下さい。

平塚らいてう

氷

円地文子

好きなもの苺コーヒー花美人
　懐ろ手して宇宙見物

　これは寺田寅彦先生の歌であるが、私は好きなものをあげろといわれると、このごろではどうも氷を一番に言いそうだ。食いしん坊だから、季節だけの食物、例えば鮎だの松茸だのに食指を動かすことも相当なものであるが、氷のなめらかに清澄で見る間に形の変って行く視覚的な美しさと、口にふくんだ時の冷たさの快感は形容できないほどたのしい。

　幼いころ、夏の夜縁日などに行くと、ガラスの細い管のちゃらちゃら鳴る暖簾を下げた氷屋があって、苺、レモン、あずき、汁粉などいろいろな氷水を商っていた。氷かきでかいた氷が、山のようにガラスの器に盛り上っていて、外へこぼれないように用心しながらさじで崩して食べたのが、氷水となじみになった初めである。一時、生まの？　氷を食べるのは胃腸に悪いかと思ってやめていたこともあるが、電気冷蔵庫で好きな時に氷が食べられるようになってここ数年、私は再び氷のファンになって、夏ともなれば、ソーダ水やシロップの水にふんだんに氷を入れて食べることにこの上ない満足を感じている。年寄りの冷や水といわれるのは心外で、冷たい氷をたのしめる自分にはまだ若さがあるのだと思っている。

窮屈

内田百閒

私がお菓子を食うのを見て、あなたは酒飲みの癖に甘い物をたべるのですかと怪しむ客がある。中にはけしからん事の様に考える人もいるらしい。酒飲みは酒飲み、甘党は甘党と片づけなければ気がすまぬのであろう。

酒飲みの中にも、本当は食べたくないわけではないが、自分はいっぱしの酒飲みであると云う誇りがあって、菓子を近づけないのもいそうである。酒を飲むから菓子の方は遠慮すると云うのであれば、一つのお行儀に違いないが、菓子は下戸の食する物であるときめるのは窮屈である。菓子だけでなく、凡《およ》そ下戸の好む物は何でも酒飲みが口にす可《べ》きではないと考える君子もいる。昔私の学生だった紳士の前で、私が奈良漬をかじったところが、おやおや先生は奈良漬を食う。奈良漬は下戸の食べる物ではありませんかと云って私を窘《たしな》めた。そう云う位だからその男は決して奈良漬を食わなかったが内心ほしくても我慢しているのではないかと思われる。

尤《もっと》もそう云う意地は人前の体裁だけでなく、自分一人になってもきっと通すに違いないから中中窮屈であろう。

蕎麦は坐って食うのでなければいやだ、腰掛けで食う位なら食わないと頑張る友人もある。蕎麦は坐って食うよりも、蕎麦屋の店の上り口に片膝上げて半分腰を掛けた、横坐りの方が食べいいと云ってもその男は聞かない。今の様に蕎麦屋の店が殆んど椅子とテーブルになってしまっては、その男などはもう蕎麦を食う事が出来ないだろうと思う。出前の蕎麦を坐って食う位なら洋式に腰を掛けた方がよかろうと思うけれど、意地になっているからきっと聴きやしない。

酒飲みを左利きと云うのは、右手が鎚手《つちて》で左が鑿手《のみて》と云う言葉の上の洒落に過ぎないのであるが、私の友達には一緒に酒を飲む時、必ず左手で酌を受ける、何かで左がふさがっていても、無理に左手をあけてそれで杯を取る男がいる。こちらで笑うと、しかし昔から左利きと云うではないか、杯は左で持つものですよと云って譲らない。窮屈な話だと思うけれども、向うの信念であるから仕方がない。

それでは私も左手で杯を持つ事にして、右手があいているから、右手に菓子を摘まむ事にしようかと考える。しかし窮屈派に内所でやらないと、知れたら一斉に起《た》って私の無節操をなじるに違いない。

食は三代　わが思い出の玉子焼き

玉村豊男

食は三代、とか、舌は三代、とかいうことがいわれる。

舌が肥え、ものの味がよくわかるような人物が出現するには、三世代が必要だ、というのである。おじいさん・おばあさんの代からおいしいものを食べ続けていないと、美味を探り当てる舌を持つことはできない……のだそうだ。

ホントーだろうか。

〔中略〕

そういえば、あるラジオの番組で、グルメとして有名な音楽家と対談したときに、

「食は三代、といいますからね。玉村さんの家も昔から美食をなさっていたんでしょうね」

と言われてドギマギしたことを思い出した。ひょっとすると、そのときが、

「食は三代」

という言葉を耳にした最初かもしれないのだが、とにかく、私は〝玉村さんの家〟に関しては父親しか知らず、先々代がどんな人であったかについては何も情報を持っていないのである。だから、

「はあ。いやあ……どうでしょうか。父親は大食漢だったらしいですが」

とだけ言ってごまかしたのだった。

玉村善之助。

父の名前である。

日本画家で、号を方久斗《ほくと》という（善之助、という本名は好きでなかったようだ）。京都生まれ。なんでもゲタ屋のボンボンで、小さい頃から寄席《よせ》に通い大和絵を集めて、早くから絵描きになろうと思い定めていたらしく、京都絵画専門学校に入ってその道を歩みはじめたのはよいのだが、芸者とトラブルを起したとかで三十代のなかばに故郷を出奔し、東京に逃げてきた。

トラブルの詳細は知らない。芸者上がりの女と結婚して失敗したのか、結婚していて芸者とどうにかなったのか、いずれにせよ私が小さい頃に母親（つまり、東京に出てきた善之助と再婚した女性である）が問わず語りに語った言葉の断片をつなぎ合わせてのおぼろげな記憶しか

ないうえ、母親の立場からすると描写に主観も混じっていたろうからはっきりとはわからないのだが、何らかの理由で、京都の家とは縁を切って東京に出てきてしまったらしい。だから、父方の親戚とはまったくといっていいほどつきあいがなく、三代から先については私はなにも知らないのである。

これは何歳の時の記憶だかはわからないのだが、ひとつ、いまでも非常に鮮明に覚えているシーンがある。

それは、玉子焼きが画室へと運ばれていくシーンである。

私は、八畳敷きのタタミの部屋で、ひとりで遊んでいた。

左奥にある台所から、いい匂いが流れてくる。母が玉子焼きを焼いているのだ。

父は、画室（アトリエ）で仕事をしている。その仕事の合い間に、ちょっとおなかが空いたからと、

「まあさん、玉子焼きくれへんか」

と〃おやつ〃を注文したのだった。まあさんというのは、おそらくママさんが訛《なま》ったのだろうが父はいつもそんなふうに母を呼んでいた。私はその父の声を和室で聞いて、いま台所でどういう事態が進行しつつあるのかを理解していたのである。

ひどく哀しい気分だった。

そのうちに、玉子焼きは焼き上がるだろう。

焼き上がれば、それを皿にのせて画室にまで運ぶ途中、母はこの和室を通るに違いない……。

そう思ったとき、急に涙がポロポロと出てきて、それまで遊んでいた玩具《おもちゃ》——たしか木彫りの熊かなにかだったと思う——を投げ捨て、押し入れのふすまを開けてフトンの間に潜り込んだ。

押入れの中は真暗だ。やや湿り気を含んだフトンがひんやりと肌に触れる。その中で、私は息を詰めて、待った。ふすまはほんのわずかだけ隙《す》き間を残して閉め、その隙き間に額をつけて外をのぞきながら……。

どうしてそんなことをしたのだろう。

玉子焼きを自分も食べたかったのは事実だと思う。

でも、それならば、台所へ行って、ボクも食べたい、と言えば済むことである。私はそうしようとはまったく考えなかった。

玉子焼きは、私の目の前を通り過ぎていった。

白い皿の上の黄色い塊りから、ほのかに湯気がたちのぼっている。息をこらえて、私は細い隙き間から母の後姿を見送った。

私の奇矯な行動は、すぐあとで露見した。

どうやらそのまま私は、押入れの中で泣きながら寝入ってしまったらしい。それを母が発見して事情を知ったのである。

「食べたいなら食べたいって言えばいいのに。ヘンな子ねえ」

母にそう言われて、さらに私は屈辱的な気分になったことを覚えている。

父と母の、画室と台所での言葉のやりとりを聞いたときから、私はいいようのない疎外感を感じていたのだろう。子供の存在を意識しない、夫と妻の、会話。あるいは、食べものを媒介とする、男と女の、交情……。なにか聞いてはいけない、見てはいけない現場に立ち合ってしまったような困惑を、私は抱いていたのかもしれない。

ま、しかしね、その象徴が玉子焼きというところが、いまひとつロマンチシズムに欠ける食いしんぼ人間である私の限界だともいえる。なにしろ父と母が同時に登場する幼児期の記憶といえば、ほとんどこの玉子焼きの一件しかないのである。

玉子焼きなら、タマゴ十個を使った大型のダシ巻き。

焼豚なら、百五十匁（五百数十グラム）。

栗まんじゅうなら、一箱（！　最低十個は入ってるだろうな）。

それが父の平均的な〝おやつ〟の内容であったという。それを、仕事をしながらパクパクムシャムシャと食べてしまう。

巨漢であった。

三十貫を超えていた、というから百キロ以上。相撲が好きでよく部屋に出入りしていたが、関取と間違えられることもしばしばであったという。

父は、私が六歳の誕生日を迎えてすぐに、死んだ。死因は胃癌。戦争を境にした食生活の激変が引き金になったとも思われる。

小さい頃に死なれたので、父に関する記憶はきわめて少ない。

その後私が結婚して独立するときに母から譲りうけた父の形見の品は、色紙が数枚と、朱塗りの小さな銘々膳（丸い四本足の小膳でいまや歪んでしまっているが、子供の頃は誕生日には必ずその小膳で祝いの食事をしたものだった）、それに、飾り用の組み絵皿六枚と、欠けた部分をわざわざ膠《にかわ》で貼りつなげた赤九谷の猪口《ちょこ》二つ、である。もっとほかにも、大きな作品や愛蔵の陶器など、遺品はあったのだろうが、八人兄弟の八男ともなると家を出る頃にはたいしたものは残っていないのである。

そのかわり、私は、父から三つの大きな遺産を受け継いだ。

それはハゲと、デブと、食欲である。

父は若ハゲで晩年はツルッパゲ。私はまだそこまではいかないが若い頃から徴候があり、いずれは父と同じ道をたどるものと思われる。また、放っておくとすぐに太る体質である点も同じである。そして……まあ、食欲も、タマゴ十個の玉子焼き、とまではいかないが、やはり父譲りと考えるのが妥当だろう。

ただ、父は酒を飲まなかった。赤九谷の猪口を補修してまで大事にしていたのは、単にその絵柄を賞でてのことに違いない。本人は奈良漬けを食べただけで赤くなる、といった種類の下戸であったという。

父は、官展を脱退して前衛運動に身を投じ、一時はみずから結社をつくって会報などを発行していたが、その会報の中に、美術界の動向に関する記事とは別に、自分の書いたエッセイを寄せている。文章を書くことも好きだったようだが、いま私の手もとに一冊だけ残っているその小誌から、〝ホットケーキ〟と題する一文を再録してみよう（昭和二十一年十月刊『ホクト個人小誌1（創刊號）』より。原文のママ）。

（昭和十八年三月）

ホットケーキ

厚い鉄板の焼けたのに、濃い目にといたのを、そっと手際よくあける。ジュウと軽いすいつくような音がしてやがていい気分に膨れ上る、あの膨れ上りかたが身上だ。フライ鍋の、わけて今出来の厚くないのをやけに熱したのに、ぶざまにぶちまけた家庭焼のホットケーキはみすぼらしくへたばっていて、いっそ雑物を入れてお好み焼にしようということになる。そのフライ鍋で、ずいぶん上手に膨れ上るようになるには、辛抱がいる。鉄板の厚さと火加減とのそりがよく合うようになるのが、そこのこつが一と際むつかしいらしい。わたしの家でも好きから、それにたびたび手を焼きながら焼いてみるのである。

誰が考えたのかあの不思議なみつ豆と、このホットケーキ、それに汁粉をやけに太っていた時分から、身体に不似合に、わたしは大いに好んだ。

そっちゅう禁酒がいわれていることから、たいていの大人は酒をたのしむらしい。大人の甘党は、子供じみていて気がひけるものではある。汁粉やの暖簾をわけて青い顔をした細面の男が出てくるのをみかけると、真夏に水っ洟が出るようで、みすぼらしさを感じて、みっともないなと、かなりの甘党である自分にさえしみじみ思う。そうは思うが、喫茶店で、コーヒ！と云ったあとで、あのホットケーキが喰いたくなるのを、どうしようもない。あの愛嬌よくぷっとふくれ上った、ホットケーキを。

膨れ上った男が、ふくれ上ったホットケーキを喰う図、大ていわかってはいるが、茶菓専門の喫茶店なら、肥大漢のわたしでも勇敢であり得た。ところがビールもウイスキーも呑ませるという大きいホールだったりすると、あっちこっちに泡立ったのを提げて、景気よろしくあたりを見廻しながらかたむけているから、へんにうら淋しく、場ちがいが仲間入りさせられたようなひけめから、入るとすぐ、ホットケーキとはどなれない。気弱くまずボーイを呼んで、コーヒーか紅茶を注文して、近くの卓子へ女学生などが来るのを期待する。そして折よくホットケーキをかたわらの客のテーブルに見つけると、ああれを呉れたまえ、と思い出したように命ずる。

そんなにして、ある日、ありついているところへ、びっくりするような大兵な、まりのようなからだの持主で、そしていかめしく立派な顔をした紳士が、ゆるぐようにはいってきた。そして場の中央に仁王立ちに立ちどまって、そこらをぐるぐるねめ廻している。ビール党にとりまかれていた卓子の中に、自分の置場を求めているようだったがあいにくどこもふさがっているので、やおらわたしの食卓にゆるぎきて、ずしりと差し向いに着席したので、わたしは心のうちでひどくまごついた。酒呑みの眼の前に甘党がいることは、そっちでも不味かろうしこっちものんびりしない。もあいの座席でいいのなら、あの混んでいるようでも、よくみればビール党仲間のそっちの卓子に空席がないでもないのに、いやはやと辟易していると、その紳士がやがて一息ついてから、ボーイを呼び留めて、

ああわたしにもこれを呉れ給え、

思いついたようにわたしの喰いかけのホットケーキを指した。

おお、そこで気軽さに瞬時に浮び上ったわたしは、ははと思わず会心の北叟笑いをした。依心伝神《ママ》、その紳士も、ちらりとわたしに目礼して、にたりとしたのだった。

それから、わたしの二度目のホットケーキと、その紳士のとが、仲よく食卓に向き合って膨れ上った四つがゆったりと一つ仲間になれたのであった。

歌舞伎座のそばで、すばらしく大きい鉄板のまえへ、客を座らせて、じゅうじゅう焼いてみせて喰わせている。馴染客であるとその客の思いのまま焼せて思うさま喰わせる。そんな耳よりな報せに、わたしはいそいそとそこのまえまで出かけたが、いざとなってためらってしまった。場所柄といい女づれのお客に賑うているのであろうと、そこで行ったりきたりして思いあきらめようとしたが、こころそそるものを払いきれず、うんと腹をすえて、思い切って扉を押すと、思いきや大の男ばかりがねった粉の小容器を、一つずつあてがわれて、鉄板をとりまいて、子供のままごとのように大はしゃぎをしていた。

世間はそう心配しないでも渡れるもののようだ。

父は酒を飲まなかったが、母方の祖父だか曾祖父だかは大酒飲みだった、と聞かされていた。長生きをした人らしいが、晩年の頃にはほとんど食事をせず、酒ばかり飲んで暮らしていたそうだ。それもスケールが相当大きく、朝一升、昼一升、夜一升、一日三升の酒で栄養を採り、ごはんを食べるときも猪口に一杯くらいしか食べなかった。メシは猪口、酒は茶碗、というわけである。

当然脚色も加わってはいるのだろうが、話半分としても一日一升半。このテの本格的な呑んべえというのはほとんど肴も食べず、わずかの塩か塩辛をなめるだけで飲み続けるタイプが多いから、きっと、食べものにはそれほど関心がなかったのではないかと想像する。

一方、甘党の父は、酒は飲まないかわりに大食家であり美食家でもあったようだが、父方の祖父母はどういう食生活をしていたのだろうか。京都の商家、といえば、なかにはカネまわりもよく折り折りに上等な料理を食べていたところもあったろうが、案外（というか定評通りというか）非常にケチで、毎日同じような〝おばんざい〟と残りものばかり食べていた……のかもしれない。とくに父が生まれたゲタ屋はどうやら後年左前になって倒産したらしいから、生活はさほど裕福ではなかったのではないか……。いや、待てよ、逆に、倒産したのは派手にカネを使い過ぎたからで、父が子供の頃には食生活も贅沢だった、とは考えられないかな。

……などと、いろいろと思いをめぐらしてみると、

「食は三代」
という定言が自分にはどうかかわってくるのか、ますますわからなくなってくる。

玉村豊男

『ふるさとの菓子』より

中村汀女

私はお菓子の歴史もろくろく知らず、製法にもうとく、いわゆる専門の知識は何もございません。ただどれもおいしくたのしいということばかりで恥ずかしいくらいですが、何とその一つ一つの形と味に、からまる思いが多いことでしょう。一つの菓子のうまさ、甘さに、その日の苦労が霧散するというのは、これはこんなにていねいに菓子を作る人の愛情のせいで、私たちは知らず知らずその愛情を受け取っているのではないでしょうか。

おかしなもので、たとえば私たちその日の食事のものは、野菜にしろ魚肉にしろ、十円、二十円の節約につとめながら、一旦菓子となると、その金の価値がぐらりと変わっているので面白いと思います。女にとって菓子とは酒であり、莨《たばこ》であり、そしてひそかな手頃な（?）恋人であるといったら怒る人がありますかしら。恋人にもいろいろ、一棹何百円の羊羹ならともかく、一枚のかきもちもそれだと思うと、ひどく世の中がたのしく、自分ながら笑ってしまうのであります。

菓子の店、目もあやに並んでいる品々に向かうと、妙に胸がどきどきするのは私ばかりですかしら、どれもおいしそうで、どれにも心をひかれる一ときの逡巡、どうもお菓子たちがこちらをみつめている気さえして、私はいつも変にあわてます。殊に手の込んだ練切ものなど、その美しいささやきが聞こえているようで、そうそうに、ふんぎりをつけねばならぬ気がするのでした。

毎日の食事はともあれ、その間の、いささかのくつろぎに、菓子のある日とない日とは、こんなにも気持ちに影響するかと思うときがあります。考えて、一つの菓子が待っていてくれる日はたのしい。さて、何ものもない――ということはどの部屋もがらんとした感じに、ほんとにさむざむとわびしいのでした。

それにしても戦時の思い出、ふかし薯《いも》を手綺麗に輪切にして、ぱらりと黒胡麻をかけてあったO家の応接間、なんとそれを上菓子らしくうれしくたべたことだったでしょう。ぎっしりつまった書棚と灰色の絨毯に、あの皿に載った輪切の薯とはひどく似合わしいものに見えました。その後の菓子復興はまた目覚ましく、まあまあといってるうちに、私たちの手のとどかない広さ、さかんさに進行してしまったようです。私たちにはなつかしい、町の小ぶりの菓子店もあっという間にぱあっとラッカ仕立の菓子ケース、色さまざま姿さまざまの菓子が、とりどりの好ましい名を持って、ずらりと並んでるのを見ると、やっぱりとまどいするのでした。小さな子供でも連れようなら、彼たちはきょろきょろと、目が定まらず、やがて、あわれに、もっとも近い足もと、手のとどくところにある菓子にきめてしまうのは可愛そうです。しかし、菓子屋さん、なんと、子供向きに、手のとどく低さから並べ始めてあることかと、呆れた気になるのですけれど、これでこそ誰もがたのしいわけなのでしょう。足もとから菓子の流れがわあっとさかのぼっているのですから。

その日はまだ寒い風が吹いていました。夕方からまた吹き募った風は、新開地の町を吹きまくり、どうしようもない淋しい気がするそこの店へ、私はどうして行ったのか思い出せません。誰かを待ち合わせるのか、間遠の電車を待つためか、ひとりきりだった余寒《よさむ》の夕ぐれのさびしさが、今も身にしみている気がしますのに、その店で貰ったのは、あの薄紅色を、くるりと葉にくるんだ桜餅なのでした。思いかけぬうれしい季感、さびしがることはなかったのです。春はこの馴染のない寒い町にたしかに踏み入っていたのでした。そしてすぐまた熱い茶が貰えましたが、あの柔らかい桜の葉をはがすときの何ともいえぬ心のときめき。私たちよりも実に早く、お菓子屋さんは春を呼び、春の心に浸っていたわけです。たとえば暗い仕事場でも、そのかたちを作りつつ、そのときは暗い思いはしていない気がするのであります。菓子の季節感、これはもっとも日本のお菓子の魅力ではないでしょうか。よき国ぶりにめぐる四季、恵まれた季節を迎えるよろこびは、まったく大事な菓子に盛るよりほか仕方がないといえるか知れません。また菓子作る心には殊更《ことさら》によき自然の姿が映るか知れず、それを手に受けて味わうものには、またそのままの思いが伝わる——といいたいのであります。いつか私が見せて貰ったお菓子の暦、これはほんの一例に過ぎないでしょうが、ひろげて私は季節の匂いと言いましょうか、風の香、水の香、花の香に顔を打たれる気がしたものでした。

お菓子の暦

一月
生菓子　花びら餅、咲分、未開紅、丹頂、鷺餅
干菓子　結熨斗、千代結、雪花糖、羽子板

二月
生菓子　下萌、此花、梅の雪、山里、かざしの梅
干菓子　福は内、紅梅落雁、薄氷

三月
生菓子　雛菓子、楊貴妃、草餅、桜餅、春の野
干菓子　貝尽《づく》し、菜花糖、土筆、春の吹寄

四月
生菓子　桜餅、花筏、菜種きんとん、春の山、花衣

五月　干菓子　朧月、若草、三楽、蕨結
生菓子　柏もち、初鰹、落し文、岩根躑躅、粽
六月　干菓子　青楓、菖蒲皮、観世水
生菓子　卯の花、早苗きんとん、葛焼、麦饅頭、あじさい
七月　干菓子　水、松露、時鳥煎餅、撫子
生菓子　七夕、夏木立、水羊羹、氷室、葛饅頭
八月　干菓子　滝煎餅、糸巻、渦落雁
生菓子　岩もる水、調布、萩の露、金玉糖
九月　干菓子　割氷、雷おこし
生菓子　初雁、栗巾団、萩の餅、月羹
十月　干菓子　月の雫、唐松煎餅、兎
生菓子　稔の秋、菊重、栗羊羹、秋の山、柚餅
十一月　干菓子　稲穂、柚べし、鳴子、焼栗
生菓子　織部饅頭、山路、初霜、銀杏餅
十二月　干菓子　菊落雁、吹寄せ、松葉
生菓子　蕎麦饅頭、冬籠、木枯、寒菊

干菓子　雪輪、磯の浪、落葉

文字を見ただけでもそぞろな季感に胸おどるようですが、これを形にあらわし、色に述べようとするのには、それこそこまかな心づかいがなくては出来ますまい。一滴の食紅の落としよう、半匙の青粉の使い方で、菓子の品位はきまって来るでしょうし、めったに若い人には手をつけさせないというそこに、その店の誇りも秘伝もあろうことはうなずける気がいたします。「お菓子の暦」でも感じますけれど、お菓子とは、みな郷愁のかたまりみたいなものじゃないでしょうか。ここにある菓子の名だけでも、みんな、生まれ故郷を思え、過ぎし日を偲べといっているようで、少し私の感傷に過ぎるか知れませんけれど、なんだか空あいが仰がれ、身のまわりがふりかえられる名ばかりです。それとなく私たちの生活についている自然の美しさや、やさしさ、それが形となって、すぐ目の前にあるというのが、お菓子だといってもいいのではないでしょうか。こんなことを書いていると、季節と自然とのまじりあい、ふれあいをいち早く感じ、それを詠むことを、句を作るものの倖せだと思っていますのに、お菓子はすでにさきがけて作られ、季節をもっと早く教えてくれることが多いのでした。

ほんとに私はただ菓子をたべるたのしみだけで、菓子に対する恋情みたいなものを書きつづって来ていますが、ふるさとの菓子は誰の胸にもたくさん抱かれているらしく、あれもこれも

中村汀女

と私の知らないものを教えられ、またわけて下さる方がたくさんです。それにしても、なんと私たちは一度味わった菓子を忘れがたく覚えているものでしょうか。ああいつかのあれだったと思いだすときのたのしさは、まるで肉身にめぐりあったようです。それにふるさとの町、ふるさとの菓子の話をして下さるとき、人々の顔の輝きを、私はこの上なく尊いものに眺めます。その顔に見る故山の反映の美しさ、私は知らぬ土地にたのしく連れて行かれる心地にいつもなって来るのでした。

茶道を愛する藩主にめぐまれた土地に、いい菓子が生まれ、つくりつづけられて来たということはよくわかりますが、また逆に菓子が、人の心をやしなうともいえましょう。いいかたち、いい色どり、一つを手にとるふくよかな思いと沁み入る味。わけあいたべて一つきりだった菓子のことも、これまた忘れがたくうれしいものです。

菓舗、隣り合わせに品さだめするよその人に、私はほんとにものをいいかけたい親しみを覚えます。菓子の行くところ、その先につながる人々、その想像が私を明るくたのしくしてくれるのであります。

中村汀女

日本菓子と西洋菓子

広津和郎

菓子というものに、私は特別な嗜好がある方ではない。併し酒の飲めない私は、頭の疲れた時など、つい菓子を抓《つま》みたくなる。――つまり糖分を取りたくなるわけである。

私の父も小説を書いていたが、私の子供の時分、父の机の上に、小さな蓋物にコンペイ糖を入れて載せてあったのを覚えている。父は深夜に執筆する習慣であったが、煙草と茶とでは舌が荒れて、何か気持がカサカサして来る。そういう時、コンペイ糖を舌の上に載せると気分がよくなると云っていた。今の言葉で云えば、カロリーの不足が補われるわけである。

私も筆を執る時には、何か机の側に甘いものが欲しい。それで何ときまったわけではないが、一寸つまめるような菓子を置いて置く。頭が疲れると、一寸それをつまむ。無論糖分の不足を補う意味にもなるが、胃に軽いものが這入ったので頭に上っていた血が、そっちに行く事にもなる。――両方の意味で頭が軽くなり、新たな元気が湧いて来る。

子供の時分は餡気のものが好きであった。それから西洋菓子ではシュークリームが好きであった。明治の三十年代には、このシュークリームなどというものが、どんなにハイカラな菓子であったかという事は、今の若い人々には想像もつかないだろう。シュークリームとバナナ――このバナナなどという今はザラにある果物が、どんなに一般の少年の口には這入らない上等な、珍らしい果物だったという事も、今から考えると微笑まれて来る。実際病気にでもならなければ、一寸ねだれない果物であつた。

餡気のものは、今はそれ程欲しくない。それよりもビスケットとか、デセールとか、今はいろいろの名がついているので、一々は知らないが、そう云った所謂摘み物が好い。日本の菓子だと小さい煎餅とか飴玉――所謂梅干と称するあの飴玉が好い。非常に頭の疲れた時はチョコレートの少量も亦好い。

それから私は食事は二食であるが、腹の空く時には、その間に紅茶にスポンジ系統の菓子を一つ二つ摘むことがある。お腹の空いた時に、餅菓子を食べる気にはなれない。胃をこわすだけで、所謂腹の足しにはならない。併し洋風の菓子は腹の足しになる。スポンジ傾向のものなら、私などには軽い中食の代りに持って来いである。

日本の菓子が比較的鑑賞的に発達し、西洋の菓子が鑑賞的ばかりではなく、功利主義を兼ねて発達しているのは面白い。

広津和郎

『陰翳礼讃』より

谷崎潤一郎

私は、吸い物椀を前にして、椀が微《かす》かに耳の奥へ沁むようにジイと鳴っている、あの遠い虫の音のようなおとを聴きつつこれから食べる物の味わいに思いをひそめる時、いつも自分が三《さん》昧境《まいきょう》に惹《ひ》き入れられるのを覚える。茶人が湯のたぎるおとに尾上《おのえ》の松風を連想しながら無我の境に入ると云うのも、恐らくそれに似た心持なのであろう。日本の料理は食うものでなくて見るものだと云われるが、こう云う場合、私は見るものである以上に瞑想するものであると云おう。そうしてそれは、闇にまたたく蠟燭の灯と漆の器とが合奏する無言の音楽の作用なのである。かつて漱石先生は「草枕」の中で羊羹《ようかん》の色を讃美《さんび》しておられたことがあったが、そう云えばあの色などはやはり瞑想的ではないか。玉《ぎょく》のように半透明に曇った肌が、奥の方まで日の光りを吸い取って夢みる如きほの明るさを啣んでいる感じ、あの色あいの深さ、複雑さは、西洋の菓子には絶対に見られない。クリームなどはあれに比べると何と云う浅はかさ、単純さであろう。だがその羊羹の色あいも、あれを塗り物の菓子器に入れて、肌の色が辛うじて見分けられる暗がりへ沈めると、ひとしお瞑想的になる。人はあの冷たく滑かなものを口中にふくむ時、あたかも室内の暗黒が一箇の甘い塊になって舌の先で融《と》けるのを感じ、ほんとうはそう旨《うま》くない羊羹でも、味に異様な深みが添わるように思う。けだし料理の色あいは何処の国でも食器の色や壁の色と調和するように工夫されているのであろうが、日本料理は明るい所で白ッちゃけた器で食べては慥《たし》かに食慾《しょくよく》が半減する。〔中略〕

かく考えて来ると、われわれの料理が常に陰翳を基調とし、闇と云うものと切っても切れない関係にあることを知るのである。

谷崎潤一郎

第三十七課　お茶時《ティータイム》

岡本かの子

イギリスの家庭では四時過ぎ頃、家族一同集まってお茶を飲みます。所謂お茶時間《ティータイム》です。お茶は紅茶で、お茶受けにはパンの薄片《うすきれ》にバタを塗ったもの、ビスケット、ケーキ、その時々の主婦の思い付きによります。時にはコーン・フレックスと言って玉蜀黍《とうきび》の沢山入ったパン菓子の暖《あたた》め立てのものを食べます。仲々お美味《い》しいものです。

巴里へ行きますと、沢山ある珈琲店《カフェー》で、香り高い珈琲《コーヒー》のコップを前に控え、人々は一息《いき》、息を入れて居ます。珈琲の容器《いれもの》が柄の付いた縦に細長いシークなコップで、それに吸管《ストロー》をつけて来ます。これがいかにも巴里らしい感じをさせます。巴里の珈琲店は給仕も男で、客は家族連れで行ける極めてさっぱりしたものです。

私たちも一日に一度ぐらい家族と集まってお茶を飲みます。格別何といって話もあるわけではありませんが、何となく気持ちに潤《うるお》いが出て、あとの仕事の励みになります。

考えてみれば不思議な習慣です。別にお腹も減って居なければ咽喉が乾いて居るわけでもありません。それでいて、これを省くと何となく物足りない感じがします。用事のある客が来たのを招き入れて用談かたがたお茶を飲むときもありますが、どうもあとで、はっきりお茶を飲んだ気がしません。矢張りお茶を飲むときは無駄なようでも、のんびりした雰囲気を作って家族一同の気持ちの転換を計った方がよいようです。

世の中に無用《むよう》の用《よう》ということがあります。無用なればこそ役に立つということです。

昔、或る国に非常に倹約な殿様がありました。幕府から普請奉行を命令《いいつか》ったので、材料の木材を川に流して運び、それを陸へまた引き上げました。今でもそうですが、この時代にも人夫が材木を鳶口《とびぐち》で河岸《かし》へ曳き上げるには掛け声をかけたのでした。殿様は河岸へ出張って材木の曳き上げを見て居ると、いかにも掛け声が長くて仕事の時間が不経済だと思われました。「やれこのえんやらえ」というのであります。これをずっと永く引いて掛け声するのであります。殿様は早速人夫頭《にんぷがしら》を呼んで言いますには、「全く掛け声しないのも永年の習慣で気が済むまい。だから掛けてもいいが、終《しま》いの方の文句だけに致せ。始めの方は倹約致せ」といいつけました。鶴の一声でありますから仕方がありません。人夫頭は命令を人夫一同に伝えました。そこで人夫たちは、終いの文句の「えんやらえ」だけで材木を曳き上げてみましたけれど、どうも調子が悪くて直ぐ疲労《くたびれ》てしまいます。然し、文句の倹約は、殿様直々《じきじき》のお触出《ふれだ》しですから、今更、もとへと願い出もできません。窮《きゅう》した結果《あげく》が、次のように掛け声を改めました。「始めは倹約えんやらえ」と。殿様はさぞ吃驚したでありましょう。これは私が子供のとき付いて居た乳母《うば》が得意になって私に話して聴かした話で、今に耳に残っております。

「イギリスの家庭の美風は、お茶時《ティータイム》で維持されている。」「フランス人の機智は、珈琲店《カフェー》（日本のカフェーとは違います）で培養される。」こういうことがよく西洋で言われて居ます。

ですから、物事はあまり無用だ無用だと言って切り捨ててしまうのもいけませんが、さればと言って、無用のものを、有用のものの妨害になるほど増長させてもいけません。よく世間には、「まあ落付いて一服」と言って莨《たばこ》ばかり吹かし、結局何もせずに落ち付きじまいになってしまう人もあります。この辺の兼《か》ね合《あ》いはなかなか難かしいものです。こういう言葉があります。

有無《うむ》相通《あいつう》じ、長短《ちょうたん》相補《あいおぎな》う。

このよき調節の伎倆は、矢張り自分に対する活きた眼を備えることによって、始めて得られるものでありましょう。

岡本かの子

『仰臥漫録』より

正岡子規

九月八日　晴　午後三時頃曇　暫《しばら》くして又晴
朝　粥《かゆ》三わん　佃煮《つくだに》　梅干　牛乳五勺ココア入り　菓子パン数個
昼　粥三わん　松魚《かつお》のさしみ　ふじ豆　つくだに　梅干　梨《なし》一つ
間食　牛乳五勺ココア入り　菓子パン数個

〔左頁挿図の説明、上から〕
黒きは紫蘇《しそ》／乾いてもろし／あん入《いり》／柔《やわら》か也

菓子パン数個とあるときは多く此《この》数種のパンを一つ宛《ずつ》くう也

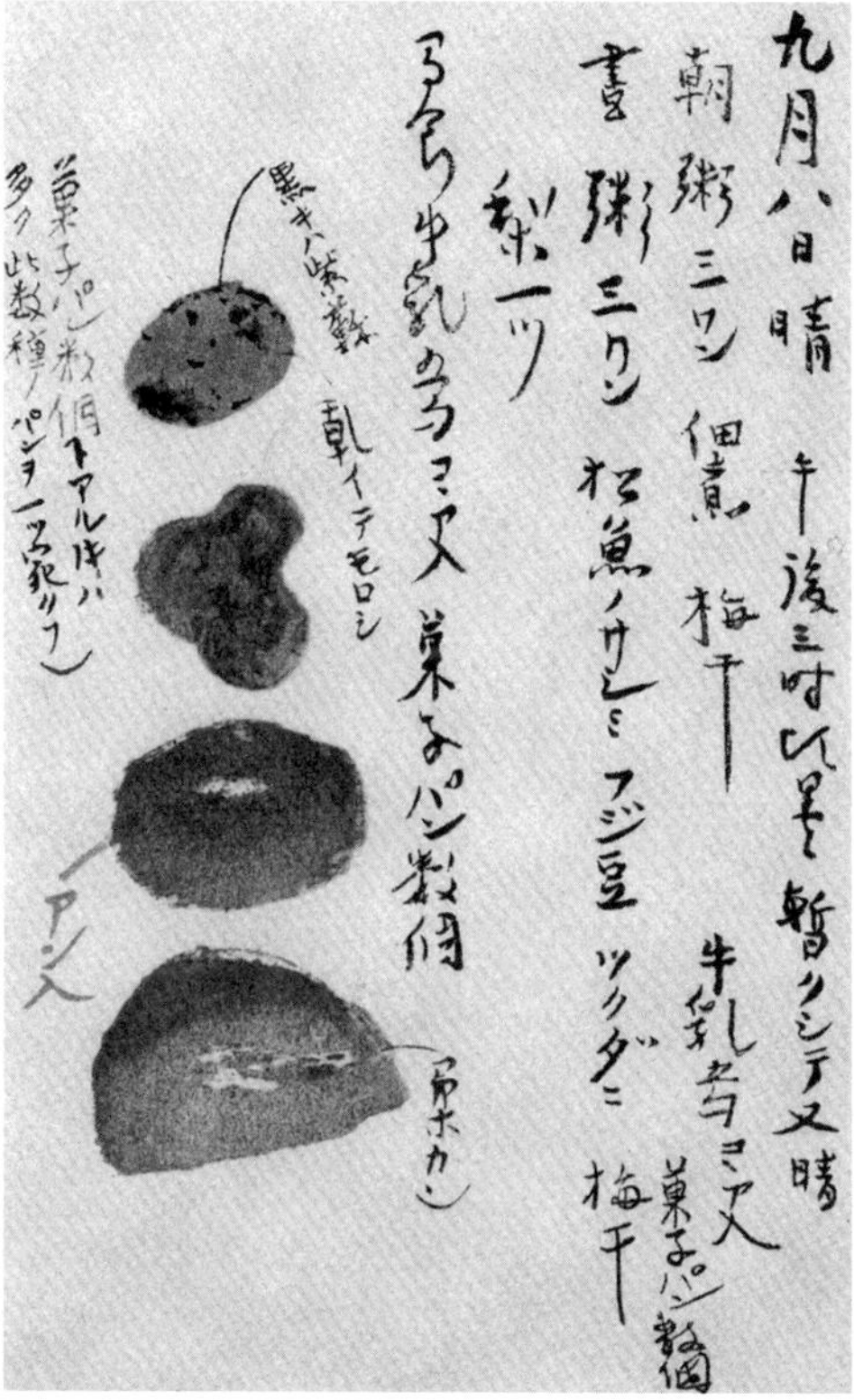
九月八日 晴 午後三時比曇 暫クシテ又晴
朝 粥三ワン 佃煮 梅干 牛乳五勺ココア入 菓子パン数個
昼 粥三ワン 松魚ノサシミ フジ豆 ツクダニ 梅干
梨一ツ
夕 牛乳五勺ココア入 菓子パン数個
黒キハ味噌
乾イテモロシ
アン入
菓子パン数個トアル時ハ多ク此数種ノパンヲ一ツ宛クフ

正岡子規

ラムネ

徳川夢声

ラムネの味は、半分あの妙な形ちをした瓶から来るのかも知れない。まず、あの頑丈な感じが頼もしい。色もそれに相応わしく、大抵濃緑か、紺青かである。どうも、黄色や琥珀色では、清冽な感じがしない。

ラムネの瓶の魅力は、あの上半身の凸凹にある。口から段々太くなって下った所に、指で押したような軟かい窪みが、三ケ所か四ケ所、ぐるりと取巻いていて、その膨らみ切った直ぐ下に、左右から丸い棒で押しつけたような凹みがついている。それから下は普通の円筒だが、これがまたどっしりとした感じで、瓶全体に健康な女性の、——たとえて云えば、陽にやけた海女の肉体を想わせるような、剛毅なる艶めかしさがある。

ラムネの味は、半分あの爆音にあるとも云えよう。口元の輪ゴムに、必死となって押し込まれているガラス玉を、突として逆撃した瞬間、壮快な音を発して、玉がゴムから磨りぬける。

もっとも、これは玉がゴムから外れる音ではない、とたんに玉とゴムとの間隙を飛出す瓦斯が、空気を振動させる音である、という方が正確であるかも知れないが、まあそれはどっちでも宜しい。あのポンと、シュンとの間の音が、実に気もちが好いのである。

だから、ラムネを別の所で抜かれて、コップに注がれたのを飲むくらい馬鹿げた用法はない。あれは是非、目の前で抜いて、瓶から直接に飲むべきものだ。それが下品だと云うなら少くとも瓶を傍に置いて、眺めながらコップを傾けるべきである。

私の生涯に於て、最も美味かったラムネは、印度洋で飲んだそれである。昭和十二年の四月と六月、二回私は軍艦で印度洋を通過し、大いにラムネを楽しんだ。軍艦には立派なラムネ工場があり、冷蔵庫で冷やしたのが一本二銭である。

摂氏三十幾度の酷熱に茹りつつある時、士官室（食堂兼社交室）でラムネを命ずると、水兵さんのボーイが、礼儀正しく盆に乗せて、私の前に持参する。私は、掌にヒヤリと来る瓶の感触を楽しみつつゴクリとまず一口、忽ち熟した食道を氷の棒が走る想いだ。オレンジ色のゴムの香りが微かに鼻をぬけるのも悪くない。

始めラムネを注文すると、必ずコップに注いで恭々しく持参した。私はそれが軍艦の礼儀だと想ったので、黙って飲んでいた。すると工作長の少佐が、鍛冶場から汗だらけになって飛び出してくると、——何しろ艦内の鍛冶場と来たら六〇度以上もある時がある、——いきなりラムネを二本ぐらい命じて、それを如何にも美味そうにグビグビと一息に空ける。

「ラムネは斯うして飲まにゃ不可ん。コップに注ぐと折角冷やしてあるやつが、注いどる最中に空気に触れて温まるし、それにコップが熱くなっとるんじゃから、全然意味をなさんですぞ」と、少佐は私に注意してくれた。そこで私は、さこそさこそと同感して、

「瓶ごとラムネを持って来て下さい」と、水平さんボーイに注文した。

すると、ボーイは相変らず、コップに注いだやつを盆に乗せて恭々しく持って来た。私は少し腹が立ったが、見るとそのコップの傍に、林檎が一つ添えてあった。「瓶ごと」を「林檎と」と解釈したらしい。そう云えば、私の注文を何度か聴き返えしていた。きっと彼の故郷には「××ごと」という言葉の使用法が無かったに違いない。その艦の水兵さんたちは、皆、四国九州の出身であった。その後、別のボーイさんに、同じ注文をしたら、矢張り林檎とコップのラムネを持参したのである。

徳川夢声

カキ氷とアイスクリーム　より

井上ひさし

このことは前にもほんの少しこの「家庭口論」に書いたことがあるが、わたしは今でもおいしいご馳走から先に箸をつけることができない。

食卓の上に鯵の干物と雪花菜《おから》とホーレン草のおひたしと沢庵が並んでいるとすると、まず沢庵をおかずにしてご飯を喰べ、しかる後にゆっくりとホーレン草のおひたしを賞味し、おひたしの容れ物が空になったところで、雪花菜を盛った小鉢を引き寄せてこの小鉢を綺麗にし、最後に鯵の干物に箸をつける。鯵の干物が大好物であり、雪花菜が中好物であり、ホーレン草のおひたしが小好物である以上、必ずそういう箸のつけ方をしてしまうのである。つまり、不味《まず》いものからより美味《おいし》いものへと箸が及んで行くのだ。

だからわたしは洋食のフルコースというやつが大の苦手だ。たとえばマッシュルームのスープが出る。「うむ、これは旨そうだ。最後までとっておこう」と傍へのけておくとボーイ氏がさっと持って行ってしまう。そのときの驚愕と衝撃は心臓が停まるかと思うほどだ。ようやく騒ぐ心を押しなだめ平静をとり戻したころ、魚のフライを更に煮たやつなどが目の前に現われる。「おお、これはさらに旨そうだ。これこそ最後にたべることにしよう」と今度は手前の横にどけておくと、またしても怪盗ルパンの如くにボーイ氏が忍び寄り、あっという間もあらばこそ無慈悲にもその魚を下げてしまう。そのときの驚愕と衝撃は息の根がとまるかと思うほどである。それでも辛じて立ち直りようやく人心地に立ち戻ったころ、眼前に肉魂を載せた皿などが出現する。「ああ、これだ！　これこそ天下一の大御馳走である。こいつはどんなことがあっても最後の最後まで残しておこう」と今度は手許《てもと》に置き舌舐めずりなどしていると、三度《みたび》忍者の如く接近したボーイ氏がさっと奪い取って持ち去ってしまう。そのときの驚愕と衝撃はとうてい筆舌には尽せない。手許のフォークで咽喉《のど》を、そしてナイフで腹を刺し、自殺してしまいたくなるほどである。だがむろんそういうわけにも行かず、口惜し涙を押えながら野菜サラダなどを食べていると、バナナかメロンかなんかが運ばれてくる。「おお！」とわたしは心の中でまた叫ぶ。「バナナ（あるいはメロン）とはまるで王侯貴族のようだ。これこそ最後にとっておこう」するとそこへアイスクリームがやってくる。わたしはまた叫ぶ。

「わォわォわォ！　アイスクリームとは米国の大財閥が食するようなものが出たなあ」

だが、バナナ（あるいはメロン）とアイスクリームが並んだりすると、じつはわたしは困ってしまうのだ。というのはどちらも大好物なのでどちらから先に手をつけていいのかわからなくなってしまうからである。どこかの国の動物心理学者が羊を飢えさせておき、その羊の左右にきっかり五メートルずつ離して草を置くという実験をしたことがあったという。そのときその哀れな羊はどうなってしまったか。羊はじつは飢えて死んでしまったのである。左と右の等距離に御馳走を置かれた例《くだん》の羊は、左の草を喰うべきか、右の草を食すべきか迷ってしまい立往生し、結局、どちらへも行くことができず、羊は飢えて死ぬよりほかはなかったのだ。嘘のような話だがこれは本当にあったことである。

バナナ（あるいはメロン）とアイスクリームを並べられてしまうと、わたしはじつはこの羊のようになってしまう。どっちを先に平げるべきか。アイスクリームは溶けてしまうから、これから先に匙をつけるべきである。否《ノー》！　放っておくと果物の香気がそれだけ失われる、まず果物から始めよ。あれこれと考えあぐねているうちに、あのボーイ氏が死刑執行人のように歩み寄って両方を下げてしまうのだ。そのときの驚愕と衝撃は思い返すだに身が細る。右手《めて》にフォーク左手《ゆんで》にナイフを握り、ボーイ氏の後を追いかけ、ナイフで彼の肩口をフォークで彼の尻を突き刺したくなるほどである。しかしむろんそういうわけにも行かず、次に運ばれて来たコーヒーをがぶ飲みしておしまいということになる。

——などと書くと「なんてまあ大袈裟な」とおっしゃる方もおいでになるかも知れぬが、これもまた真実なのだ。どうしても嘘だとお思いなら、わたしを洋食のフルコースへ御招待いただきたい。そうすればわたしの滑稽な貧乏性ぶりをたっぷり御覧に入れよう。

井上ひさし

デザート

林望

『イギリスは愉快だ』のなかで、クリスマスのディナーのことについて詳しく紹介して、そこに、イギリス人がクリスマス・プディング、クリスマス・ケーキ、ミンツパイ（これは mince pie と書くのだが、実際のイギリス発音は「ミンツパイ」というに近い）等々、次から次へと甘いお菓子ばかり食べ続けることを書いたところ、辛党の人のなかには、そこを読んだだけで胸が焼けたという人もあったくらいで、結果的に、イギリスのお菓子はやたら甘いんじゃないかという誤解的印象を与えたかもしれない。

しかし、それはまったく違います。

このことについて、生半可な知見によって、「イギリスのお菓子は甘くてねぇ」などという、事実にまったく反する俗論妄説を吹聴する人があとを絶たないので、責任上是非とも言っておかなくてはならぬ。

八月のある日曜日、西部イングランドのディヴァイザスという町に住むイーナ・ヤードさんという御婦人とお料理の話をしていた。お料理自慢の彼女は、さる共通の友人の紹介で、もっとも伝統的なイギリスの家庭料理を、私に食べさせてくれたのである。

その日の昼食の献立は、（日曜日の昼食にはサンデイ・ランチといって、なにか肉類を主とするご馳走を食べるのがこの国の伝統である）雉のロースト、とロースト・ポテト（ラードを使ったジャガイモのオーヴン焼き）、それに例のイギリス名物「温野菜」であったが、その主菜については別に詳しく書いたので、ここでは述べない。

さて、デザートはダークチェリーのトライフルというこれまたイギリス伝統のデザート菓子であった。トライフルは、ま、いってみれば、チェリー、プラム、ラズベリーなどの砂糖煮に、スポンジケーキとカスタードクリーム、それに生クリームを層状に合わせただけの、単純にして、しかも美味しいお菓子である。

この材料だけ見て、こりゃ甘そうだなぁ、と早くも敬遠したい気持ちを抱く人があるかも知れないが、ちょっと待てそれは早合点というものである。このスポンジケーキにはたしかにそれなりの甘味が含まれるけれど、フルーツの部分は甘酸っぱく爽やかな味であり、これはそれほど甘味を強くしないのがイギリス流である。しかもカスタードと生クリームに至ってはほとんど甘味を加えないというのが正統で、見た目にはちょっと甘ったるい感じがするけれど、実際に食べてみるとむしろ爽やかな風味が強い。

「ウーム、このトライフルもまた実に結構ですね」

「今日は、ベースにスイスロールとドライシェリー、それにバナナとダークチェリーを使ってみましたが、トライフルは本来、クリスマス、日曜日、来客、お誕生日などの特別のディナーの時に作ることが多いのです」

「概して、私が思いますにはね、イギリスのデザートやお茶のお菓子はこれはもう、疑いなく世界随一の味をそなえていると……」

そこまで私が言いかけると、ヤード夫人の顔がさっと紅潮し、まさに我が意を得たりという確信に満ちた断固たる口調になった。

「まったく、まったくそのとおりですわ。とかく他の国の人はイギリスの料理というとばかにして、実際以上に安く踏む傾向がありますが（ここで夫人はunder-estimateという言葉を使った）決してそんなことはありません。とくにお菓子は、イギリスが世界一だと確信をもって言うことができます」

「まさに同感！　これはお茶の発達ということにも関係があるのでしょうね」

「それももちろんありますでしょう。けれどもね、ハヤシさん、もっと大切な理由は、イギリスの家庭婦人はね、かならず食後のお菓子を、よそで買ったりしないで、各自熱心に作るという良き伝統があるということです」

なるほどそれはそうなのだ。概して、昼であれ夜であれ、メインディッシュにはあまり感心しないことが多いけれど、デザートの段になると急に熱意のこもったお菓子があれこれと登場して、なんだデザートがいちばんのご馳走じゃないか、と思うことが少なくない。

こういう伝統は、家庭ばかりじゃなくて、たとえば職場の職員食堂などでも一貫して認められる。去年の夏中仕事をしていた大英博物館の職員食堂などでも、毎日必ず違う種類のおいしいデザート（しかも温かいのと冷たいのと幾種類も！）が供せられて、メインディッシュを減らしてもこのデザートは食べたい、という気にさせられたものだった。そういう伝統の末に、あのお菓子を立て続けに食べるクリスマスディナーが存在するのだと考えるとそれなりに納得することが出来る。

ちなみにイギリスでは、男女とか年齢とか、飲酒の有無などにまったく関わりなく、こぞってお菓子を食べることを食卓の楽しみとする。日本では、大人の男は甘いものを食べない（またそのことを誇る）傾向があるけれど、あれはまったく日本独特の文化的因習なのであって、世界的にみれば寧ろ「奇習」に属することだということは是非とも知っておいて良い。

「なるほどそれはそうだ。食堂なんかでも、デザートは必ず手作りですものね。……で、私は、イギリスのお菓子はあまり甘くない、ということを特に強調したいのですが……」

「ええ、ええ、そうですとも、私たちイギリス人は例えばカスタードや生クリームにほとんど甘味を加えませんよ。甘味よりもむしろそのクリーム自体のまろやかな風味を賞翫《しょうがん》するのですからね」

例えば、町の菓子屋でエクレアを買ったとする。この場合、まず十中八九は、上に掛かっているチョコレートにこそ適当な甘味があるけれど、中の生クリームあるいはカスタードがまったく完全に甘くないことに気が付くであろう。それがイギリス流である。

「しかも、どうでしょうか。イギリスでは一般にお菓子を作るときに有塩バターをお使いになりませんか。私の印象ではフランスなどでは無塩バターを使うことが多いのじゃないかと推量するのですが、イギリスでは違う。たいていバターに塩が入ったのを使いますでしょう」

「ええ、その通り、普通は有塩バターです。なぜならばその方が断然美味しいのですからね」

スコンであれ、ショートブレッドであれ、クランブルであれ、パイであれ、イギリスの菓子生地は有塩バターで作る。その微かな塩味と、中身の果物や紅茶の甘味と、クリームのまろやかさが調和して、初めてあの芳醇なイギリスのお菓子の世界が成立するのである。

こうして、ヤード夫人と意気盛んに議論しながら、私は彼女お手製の、良く冷えたダークチェリーのトライフルをパクリと口に入れた。

林望

無考えなこびと

村上春樹

よほど必要がない限り、自分の書いた本を読み返さない。手にも取らない。なぜかというと恥ずかしいから。変な顔に写った免許証の写真を見たくないのと同じだ（どうして免許証の写真ってこう変に写るのか？）。だから自分がどんなことを書いたのか、指の隙間から砂がこぼれ落ちるようにさらさら忘れていく。

それはまあかまわないんだけど、何を書いたか思い出せないために、時として同じことを二度書いてしまったりする。べつに古いネタを使い回しているわけじゃなく、物覚えが悪いだけ。だから「それ、前も読んだよ」ということがあっても、裏山の猿と同じだと思って（これも前に書いたな）笑って赦《ゆる》してやって下さい。

というわけで、この話もしたことがあるかもしれない。でもいつどこで書いたのか、ぜんぜん思い出せないので、とりあえず初めてのこととして書きます。

僕は甘いものが苦手で、菓子類はほとんど食べないし、チョコレートを自分で買うことなんてまずない。ところがどうしてか年に二回くらい「何があろうと、今すぐチョコレートを食べたい」という激しい欲望に襲われる。それはある日突然、何の予告もなく、雪崩《なだれ》のように暴力的に僕の上に襲いかかってくる。

どうしてそんなことが起こるのか、わけがわからない。あるいは僕の体の中にチョコレート好きの短気なこびとが潜んでいて、そいつはいつもどこか暗いところですやすや寝ているんだけど、何かの加減ではっと目覚め、「おい、チョコレートだ、チョコレートだ。チョコレートはどこにある？　ちくしょうめ。おれは何があっても今すぐ、チョコレートを腹一杯食べたいんだ。このやろう。早くチョコレートを持ってこい」と大声を上げ、暴れ回るのかもしれない。床を勢いよく踏みつけ、壁をどんどんと叩くのかもしれない。そんな感触が体内にある。

そうなると僕は、一も二もなく近所のコンビニに走らないわけにはいかない。そこでチョコレートを買い求め（それはいつもだいたいグリコのアーモンド・チョコレートだ。とくに理由はないんだけど）、こびとの怒りを鎮《しず》めなくてはならない。道を歩きながら封をもどかしい手でむしり取り、まるで嵐の夜の飢えた悪鬼のように、一箱をがつがつと食べてしまう。

そのような一連の儀式が終了すると、こびとは満足し、暴れるのをやめ、また布団にくるまってすやすや眠り込んでしまう。そういうチョコレート発作（みたいなもの）が年に二回ほどやってくる。この次いつその短気なこびとが目を覚ますのか、それは神様にしかわからない。

何年か前、それがなんと二月十二日に起こった。つまりバレンタイン・デーの前々日だ。ったくもう勘弁してくれよな、あと二日たてばチョコレートなんていくらでも食べられるのにさ、なんでまたよりによって、ぶつぶつ……と嘆いてみても何ともならない。いつものようにコンビニに走って、グリコのアーモンド・チョコレートを買い求め、ぽりぽりとむさぼり食べた。例によってこびとはそれで満足して眠り込んでしまい、二日後にはチョコレートなんてぜんぜん食べたくなくなっていた。

本当にこびとは無考えなんだから。

村上春樹

夢のおやつ

角田光代

おやつ。なんと魅惑的な響きだろう。おやつにまつわるすべてが私にとって魅惑的だ。そして、おやつにまつわるその魅惑的なすべてが、私とは無関係だ。

たとえば、用事があって出版社にいく。編集部に案内してもらうと、どこかにかならずお菓子コーナーがある。棚の上だったりデスクだったりに、たくさんのお菓子が置いてある。日本各地の銘菓や洒落たパッケージの焼き菓子といった手みやげふうのものから、コンビニエンスストアで売っているようなお菓子や駄菓子系まである。銘菓には「〇〇さんより」「ひとり二個まで」などと書かれたポストイットが貼ってあったりする。

思わず見とれてしまう。「ここはなんですか」と訊くと、編集者は少し恥ずかしそうに「おやつコーナーです」と言う。そんなのはわかっている。わかっているけれど訊いてしまう。ここはなんですか。この夢のような場所はなんですか。

職人さんが十時と三時におやつ休憩をとることも魅惑的だ。家を建てたりなおしたり、庭木を剪定してもらうときなどは、その家の人が十時と三時にお茶とおやつを出すらしい、ということもなぜか私は知っている。建築現場の前を通るとき、職人さんたちが缶コーヒーを飲んでいたりせんべいを食べていたりすると「ああおやつ休憩なのだな」と反射的に思う。

おやつにしかならない食べものも魅惑的。デパートの地下の惣菜コーナーにもわくわくするが、洋菓子コーナーには、それとはべつの興奮がある。私にとって、和菓子やせんべい系よりも、洋菓子が圧倒的におやつっぽく思える。充満するバターの香りや飾りもののようなケーキ類、かわいらしい容れものに入ったクッキー。こういうものが家のなかにあったら気分が盛り上がるだろうなあ、と思う。三時が近づくにつれ、あ、あれ食べよう、といそいそ用意し、ていねいにお茶をいれたりするのは、さぞかし高揚感のあることだろう。

けれど、そんな魅惑的なおやつ関連のすべてが、私とは無関係だ。

まず、私は自営業であって職場に仲間がいない。パソコンと資料本しかない手狭な仕事部屋で作業をしているだけ。だれかとおやつコーナーを共有することができない。もちろん自分だけのおやつコーナーを作ることはできる。でも、もらったり買ったりしたお菓子を一カ所に並べてみても、それは備蓄コーナーにしかならない。いつしかそこにカップラーメンやレトルトカレーがまざって、魅惑的とは言いがたい日常風景となるのである。

私の仕事時間は午前中から午後五時までと決まっているので、十時と三時におやつをとることは可能だ。実際、「あ、十時だ」「三時だ、おやつだ」と思って、パソコンの前を離れお菓子を食べることもある。でもそれは、おやつ休憩というよりも、逃避に近い。コーヒーを飲んでお菓子を食べて一息入れる、というよりも、目の前の仕事からなんとかして逃げたくて、十時と三時を言い訳のようにして立ち上がり、うつろな目でお菓子をむさぼり食って、少しでもやる気が戻るのを待つのである。仕事があまりにもつらいときにはお菓子を食べ過ぎて、胸焼けを起こすこともある。十時と三時のおやつというより、十時と三時のストレス食いである。

デパートの地下の洋菓子売り場。手みやげを買うときに一軒一軒じっくり見てまわるが、自分のためにはまず買わない。そして私は、かなしいことに甘いものが好きではないのである。

洋菓子を見るのはしあわせだ。洋菓子は年々進化していく。ケーキの種類は増え、見映えはうつくしくなり、あらたな種類の洋菓子が登場し続ける。焼きドーナツやらカップケーキやらどこそこチーズケーキやら。ついつい眺め入って、食べたいような気持ちになる。甘いもの全般が苦手でも、もしかしてこのケーキ、このドーナツ、あるいはこの○○は、好きな味かもしれない。おいしーい、と思うかもしれない。買ってみようか。ひとつ買うのは勇気がいるから、二つ買って、ひとつは今日食べて、もうひとつは明日にとっておけばいいではないか。そんなことまで考える。

鞄のなかの財布に手をのばし、ふと思う。「でもいつ食べればいいんだろう?」、こう思ってしまったらもうだめだ。買う気も食べる気もするすると減退していく。

頭ではわかっている。ケーキはおやつの時間に食べるのだ。でも今日、私におやつの時間があるのかわからない。明日のおやつの時間には、このケーキの賞味期限は切れているかもしれない。

そんなふうにあれこれ思ってしまうのは、私がめんどうくさい体質だからである。まず食事の時間をずらすことができない。夜ごはんは七時に食べる。忙しくても、空腹を我慢して時間をずらすことができない。空腹でなくとも、おなかが空くのを待ってごはんにするということができない。さらに私はあんまりたくさん食べられない。いや、あんまりどころか、たくさんの量はまったく食べられない。だから、夕食の一、二時間前に間食をするのがこわいのだ。夕食時におなかが空いていなくて、ほとんど食べられないという事態がこわいのである。こうして文章にすると、なんでそんなことがこわいんだ、と自分でも思う。夜更けにおなかが空いたら何か食べたらいいだけの話ではないか、と思う。先ほどと同じ、頭ではわかっているのにそれができない、というのは、長年の習慣の故だろう。もし私がもっとうんと若ければ、五時にケーキを食べることも夕食が夜の十時過ぎになることも、はたまたケーキが夕食に成り代わることも、今ほどこわくはなかっただろう。習慣がこんなにも確立されていないから。

私がよくいくデパート地下の洋菓子売り場に、毎回行列のできている店舗がある。何を売っているのか興味を持ちながらも、並ぶつもりも買うつもりもないので近寄らず、行列を遠目に見て通りすぎていた。あるとき通りかかったら、たまたま行列していない。この日の午後、友人に会う予定があったので、手みやげに買おうと思ってカウンターにいった。バターサンドと焼き菓子を売っている。いくつか買ってデパートを出た。パッケージも袋もじつにお洒落。甘いお菓子を買うのはやっぱりとくべつなしあわせ感がある。並ばずに買えたお得感もある。友人のおやつに間に合うだろうよろこびもある。

ところがその日、友人に急用が入って会えなくなった。お洒落な袋を提げたまま、私はその日の用事をすませ、夜の飲み会に向かった。飲み仲間と盛り上がり、二次会にいき、そこではたと手みやげのことを思い出した。そういえば私、甘いものを持ってる。しかも賞味期限は明日までと言われたんだった。二次会は知り合いの店で、お菓子類の持ち込みはよくやっているので、私はそこでお菓子を袋から出した。「私これ大好き」「行列なのによく買えたね」「今まではどこそこでしか売ってなかったんだよ」と、みんなその店についてじつによく知っている。おやつ族なのだろう。彼らにつられて私もひとつ、食べてみた。挟んであるバターに塩気があって甘みが少なく、何よりそのとき飲んでいた赤ワインによく合った。なるほど、これはいい。うれしかった。私の日々にめったにない、友人たちとともに食べるおやつ。甘いおやつ。

十時とか三時とかかたくるしく決めつけなければ、私もおやつと無関係でなくなるのかもしれない。夜十二時過ぎの甘いおやつを食べながらそう思った。

角田光代

『桐の花　抒情歌集』より

北原白秋

カステラの黄なるやわらみ新らしき味いもよし春の暮れゆく

よき椅子《いす》に黒き猫さえ来てなげく初夏晩春の濃きココアかな

楮古聿《チヨコレート》嗅ぎて君待つ雪の夜は湯沸《サモワル》の湯気も静こころなし

北原白秋

お茶の時間

水木しげる

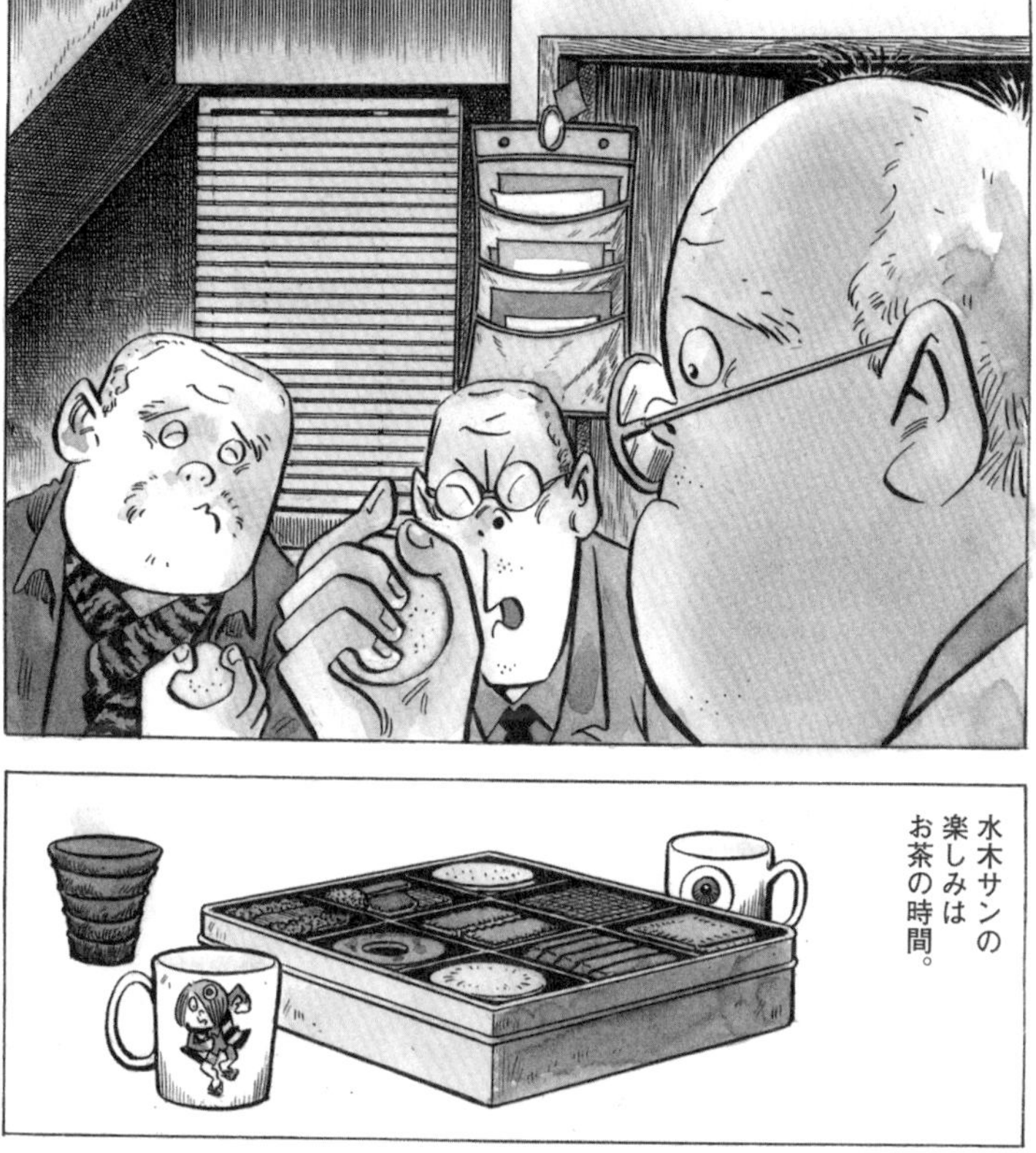
水木サンの楽しみはお茶の時間。
ガチャ
今も変わらず午後三時を過ぎると兄弟が集まって来る。

水木しげる

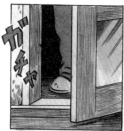

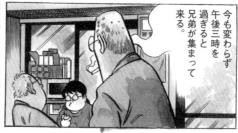

いよ〜っ。
あんな派手なモノ首に巻いちゃって。
どこかの部族かと思ったわ。

兄貴は
自分より二つ
上だが、
三兄弟の中では
一番元気で
オシャレだ。

今日の茶菓子はなんだ？
遠野から届いたまんじゅうだ。
ああ、これは小さいからなんぼでもいけるな。
ガブァ！ッ
水木サンも昔から胃は人一倍丈夫だが、
ガブッ
兄貴はそれを上回るね。
モグモグ
憎たらしいくらい元気だ……

Ⅱ　名店のあの味を

深沢七郎、自ら店主を務めた今川焼き屋「夢屋」にて

粟《あわ》ぜんざい——神田〔竹むら〕

池波正太郎

むかし、新国劇の脚本と演出をしていたころは、劇団の二人の男性スタア、辰巳《たつみ》柳太郎と島田正吾の演物《だしもの》を交互に書いたり、演出したりしたものだが、この二人は、性格も芸風も全く対照的であって、二人ともに同じなのは、長年にわたって健康だったことぐらいだろう。

島田は扮装《ふんそう》をするにも長時間にわたって鏡台の前へ坐《すわ》り込み、入念《にゅうねん》をきわめるが、辰巳は子供が使うような鏡台の前で、筆一本で、たちまちのうちに化粧《かお》をしてしまう。

島田は大酒のみだが、辰巳の体質は酒を受けつけない。

つぎの芝居の相談をするときでも、島田とはねっちりと盃《さかずき》を重ねながらするわけだが、辰巳となると、

「ひとりで、のんでくれよ」

と、私には酒を出すが、自分は饅頭《まんじゅう》をむしゃむしゃやりはじめる。

私は、というと、むろん酒のほうなのだが、甘味《かんみ》も時によっては、

（わるくない……）

ほうだから、大阪の新歌舞伎座《かぶきざ》で稽古《けいこ》をしているときなど、酒後に、法善寺横丁の〔夫婦善哉《めおとぜんざい》〕へ立ち寄ることもめずらしくはなかった。

夫婦善哉は、辰巳柳太郎の大好物でもある。

〔夫婦善哉〕をやった後で、辰巳は饅頭の十個も買って宿へ帰り、按摩《あんま》をよび、躰《からだ》を揉《も》ませつつ、またしても饅頭をやるのだ。

私たちの若いころは、酒を酌《く》みかわす友だちと、汁粉屋《しるこや》へ入って映画や文学を語り合う友だちと、おのずから二つの派に別れていたようだ。

私が、その両方を使いわけることができたのは、甘味もきらいではなかったのだろう。

勤めている店に近い日本橋の〔梅むら〕や浅草・奥山の〔松邑《まつむら》〕などが、私の行く汁粉屋で、酒のほうの友だちは、

「ちょっと、寄って行こう」

私が誘うと、

「いいかげんにしろよ」

いかにも軽蔑《けいべつ》しきったような顔つきになり、吐き捨てるようにいう。

酒のみは、甘いものなぞへ振り向くものではないと、おもいこんでいたからだろうが、それも若者の一つの見栄《みえ》のようなもので、

「酒の後の汁粉が、こんなにうまいとは知らなかった」

びっくりしたようにいった友だちもいた。

ところで、汁粉屋というものが、女子供の客をよぶようになったのは、いつごろからだろう。
五、六百年前の文献に〔汁粉〕の文字があるそうだが、一般の客をあつめるようになったのは、やはり、江戸時代の中期以後だといってよい。
むかしから、男の客は、あまりいなかったようだが、江戸時代も末期に近くなると、若い男女の密会に、汁粉屋が利用されるようになった。

私が、いまも書いている連作シリーズ〔鬼平犯科帳〕の中の〔お雪の乳房〕という一篇で、火付盗賊改《あらためかた》方の同心・木村忠吾が、足袋屋の娘と密会するシーンがある。ちょいと、ぬき書きをしてみよう。


そのころ……。

火盗改メ・同心の木村忠吾は、足袋屋善四郎の留守をさいわい、新堀端《しんぼりばた》の竜宝寺《りゅうほうじ》門前までお雪をよび出し、松月庵《しょうげつあん》という〔しる粉屋〕で逢引《あいびき》をしていた。

当時の〔しる粉屋〕というやつ、現代《いま》の〔同伴喫茶〕のようなもので、甘味一点張りと思いのほか、ところによっては男客のために酒もつけようという……松月庵の奥庭に面した小座敷で、早くも木村忠吾、桃の花片《はなびら》のようなお雪のくちびるを丹念に吸いながら、八つ口《やくち》から手をさし入れ、固く脹《は》ったむすめの乳房をまさぐっている。

と、ある。

ま、江戸のころの汁粉屋のすべてが、このようなわけではなかったろうけれど、戦前までの東京の汁粉屋には一種独特の洗練が店の造りや器物にあり、しかも女の客が多いだけに、何処《どこ》となく艶《なま》めいた雰囲気《ふんいき》があった。

浅草の奥山にあった松邑などは、いかにも風雅な店構えで、私は此処《ここ》で、先代の猿之助《えんのすけ》（後の猿翁《えんおう》。いまの猿之助の祖父）が、ひとりで、ぜんざいを食べているのを二、三度、見かけたことがある。

東京の汁粉を、京阪では〔ぜんざい〕というのだそうな。

東京で〔ぜんざい〕といえば、汁粉よりも、こってりと熱い小豆餡《あずきあん》に粟《あわ》や栗《くり》をあしらって出す。

ことに、粟ぜんざいは私の好物だ。

こうした東京ふうの〔ぜんざい〕が客に出されるようになったのは、おそらく幕末になってからだろう。先《ま》ず、浅草の汁粉屋・梅園《うめぞの》（いまもある）が売り出したという。

現代の汁粉屋は、いずれも喫茶店のような店構えになってしまったが、むかしの趣《おもむき》を偲《しの》ばせる店がないではない。

神田・須田町の〔竹むら〕へ入ると、まさに、むかしの東京の汁粉屋そのもので、汁粉の味も、店の人たちの応対も、しっとりと落ちついている。

この一画には、〔まつや〕と〔藪《やぶ》〕の蕎麦、あんこうなべの〔いせ源〕や鳥なべの〔ぼたん〕など、戦災に焼け残った店がかたまっていて、町そのものも、むかしの東京の面影《おもかげ》を色濃くとどめている。

そうした店々で酒をのめば、どうしても帰りに〔竹むら〕へ立ち寄りたくなる。

香《こう》ばしい粟と、ほどよい小豆餡のコンビネーションは何ともいえぬ。もっとも、粟が出まわる季節にかぎられているのだが……。

若いころは、いくら食べたくとも、女の客で充満している汁粉屋へ入るのが、

（見っともない……）

ような気がして、身をちぢめて食べ、食べ終るや脱兎《だつと》のごとく逃げ出したものだ。

しかし、六十に近い年齢となったいまは、女がいようが子供がいようが、かまったものでは

ない。

一年ほど前の冬に、竹むらへ入ろうとして、戸へ手をかけたら、中から初老の男が出て来て、

「や、正ちゃん！」

と、叫んだ。

十年ほど会わなかった、少年時代からの友だちだった。

この男は、汁粉屋へ行く私に、

「いつになったら、お前のバカは癒《なお》るんだ」

と、いったことがある。

十年前に会ったときも、酒をのみながら、

「まさか、いまだに、妙なものをやっているのじゃあないだろうね？」

というので、

「やってるよ。どうだ、帰りに竹むらへ行こうか？」

「冗談じゃあない。お前さんのバカには、あきれるほかないね」

その友だちが、ほかならぬ「竹むら」から出て来たのだから、私もおどろいたが、相手は尚更《なおさら》に立ちすくんだ。

「この竹むらで、何を食ってきた？」

私が切りつけるようにいうと、友だちは、

「う……う、う……」

ぐっと詰ったが、蚊が鳴くような声で、

「ぞ、雑煮《ぞうに》だ。此処の雑煮はうまい」

と、いう。

「嘘《うそ》をつけ」

「嘘なもんか」

「口の端《はた》に、ぜんざいがくっついている」

「えっ……」

ぎょっとして、つぎには狼狽《ろうばい》して、口の端を掌《て》で擦《こす》った友だちへ、

「お前のバカは、いつからなんだ?」

問いつめた私へ、友だちは泣き笑いを浮かべ、

「今夜から……」

いうや、一散《いっさん》に、交通博物館の方へ逃げ走って行った。

友だちの口の端には、はじめから何もくっついてはいなかったのである。

池波正太郎

豆と寒天の面白さ

安岡章太郎

吉行淳之介の七回忌に、しのぶ会というのがあった。しかし、「しのぶ会」と言っても、当人は既になくなっていて、ただ顔見知りの人の顔だけが大勢見えるというのは却って、心淋しい想いのするものだ。

かく申す私自身、おれの顔なんぞ、ご遺族の方々の前にさらしたって、何の慰めにもなりはしまい、却って場塞げになるだけのことではないかと思うと、いっそ鬱陶《うっとう》しさが増すばかりだった。実際、故人をしのぶよすがと言っても、そんな便利重宝なことが、この世の中にそうそう存在するはずのものではない。要するに、たいていの人は、生きていても世のため、人のためになるようなものではないらしい。

しのぶ会の当日、会場で渡された図録には吉行をめぐる友人たちの写真が収められていて、やはりこういうものは興味深く、見ていて懐かしさも覚えさせられた。例えば入院中の吉行の寝間衣姿の写真など、口のまわりに薄い口髭《くちひげ》の伸びたあたりに、本当に不断着のままの姿がうつっていて、なつかしかった。これが清瀬の療養所にいた頃のものだとすれば、かれこれ五十年近く前の画像というわけだが、何か渋皮のむけたいい味が残っている。

図録のなかには、芥川賞の選考中に小生が描いたという吉行の顔のデッサンなども残っていて、ずいぶん丹念に集めたものだと感心させられたが、写生の出来ばえは当然あまり好いとは言い兼ねる。こんなものよりは、自宅で療養中の吉行のところへ小生が届けた、豆カンの食べ方という図入りの説明の方が、いくらかマシなものかもしれない。

豆カンというのは、浅草観音裏通りの店で出していて、蜜豆の豆と寒天に黒蜜をかけただけのものだが、なまじっか余計なものが混じっていないだけに、サッパリと素朴な味が好かった。私達の仲間では、色川武大などもこの観音裏の豆カン屋には、よくかよっていた方で、たしか東北の病院で亡くなる一週間くらい前にも、ふらりとこの店に立ちよって、豆カンを半ば呑み込むように口の中に流し込んで食べて行ったということを、後日、店の主人が話していた。

神楽坂に住んでいた色川氏は、浅草ばかりでなく、神楽坂のしるこ屋にも時どき豆カンを食いに寄ったということだ。もともと蜜豆というのは、芸者の下地《したじ》ッ妓《こ》かなにかが、小遣い銭を貰ったときに、こっそり寄って食べたものだという。観音裏や神楽坂あたりの芸者屋の女の子が、好んで食いにくるようなものだったにちがいない。

しかし私は、ここで一言《いちごん》したい、同じ事なら、神楽坂より観音裏の店へ行った方が数等うまい豆カンが食えることはたしかだと思う。勿論、豆カンの味など、八十を越した爺の私などがどちらがどうウマいかなど、カンカンガクガクの論陣を張ってみたところで、どうなるものでもない。しかし、たかが豆カン、されど豆カンということもある。豆と寒天の煮えかげん、硬さかげんによって、味がまるで違ってくるのは確かなのだ。

私見によれば、豆と寒天を一緒に口の中に入れたとき、寒天のプリプリした感じと、豆のふっくらした煮えかげんが適当でないと、冷えた寒天を噛みしめたときの口いっぱいに拡がる風味が、やはりピタリとこないのである。何でもないようだが、こういう仕上げがキチンと出来ていないと、豆カンのように単純で原始的な味の菓子はウマく出来上がってくれない。そこに何とも言えぬ面白さがあるわけだ。俳味があってよろしい、と吉行などは凝った誉め方をしてくれたものだが。

安岡章太郎

蜜豆のはなし

吉行淳之介

寒天と豆と黒蜜だけの蜜豆があって、「豆カン」と呼ばれているのを、初めて知った。この豆カンを、安岡章太郎はわざわざ浅草まで買いに行くのだそうである。

そのことを聞いて、そのついでに少し買ってきてプレゼントしてくれと頼んだ。間もなく豆カンとあんみつ取混ぜて十個ばかり、安岡夫人が届けてくれた。

この豆カンが旨かった。あんみつは女子供にはいいだろうが、私は少し疲れる。そもそもあんみつは銀座の月ヶ瀬の考案で、「あんみつはギリシャの神も知らざりき」というコピイもあった。あれは、たしか昭和十年頃のことだったろう。

そういう話を、「オール讀物」の「おしまいのページで」に半年余り前に書いた。この小文はいろいろ反響があったし、未知の人から手紙を二通もらったが、いずれも面白かった。

一通目は、足立区の桜井邦彦氏からで、月ヶ瀬のコピイの作者は橋本夢道《むどう》という俳人なのだそうである。自由律俳句作家の橋本氏のことを、桜井さんがある雑誌に書いたとき、たまたま私の小文を読んだ。ことのついでに、そのコピイの正しい形を調べたところ、

『みつまめやギリシャの神は知らざりき』

と分った、という。

また、その手紙にこういう一節があった。

『「ミツマメ」は、即「あんみつ」であるとの認識が、とてもおもしろく思いました』

ここを読んで、思い出したことがある。

あんみつの出現の年月についての調べはついていないが、仮に昭和十年としてみよう。その少し前の話になるが、当時は私は番町小学校児童で、市ヶ谷駅傍の広い坂道に沿ったところに住んでいた。その坂を登り切って、そのまま二百メートルほど歩くと、今は左側に日本テレビがある。

私の家のすぐ近くに、大学生の叔父が下宿していて、ときどき顔を出す。あるとき、私をつかまえて、こう言った。

「退屈で仕方がないから、坂の上に蜜豆でも食いに行くか」

「あの店かあ」

と、私は乗気になれない。

坂の上の左側に、小さい店があって、腰の曲った小さい婆さんがいる。ほかには誰もおらず、二つに折れ曲った恰好で、たてつけの悪い硝子戸から出たり入ったりしている。

そういうときに店の中が見えるのだが、テーブルが二つあるだけで、客の姿はいつもなかった。

店も婆さんも薄汚れていて、食べ物を扱うには不適当な感じである。あんまりなさけない店なので、今でも「豊島屋」という屋号を覚えている。

「おい、蜜豆を食いに行こうや。あの婆さんをからかってやろう」

重ねて叔父が言うので、「これは、よほど退屈しているんだな」とおもって、ついて行くことにした。

近くで見る婆さんは目脂《めやに》が溜っていて、皺だらけで、耳が遠かった。その婆さんを叔父がどうからかったか記憶にないが、そのときの蜜豆の味は、なんとなく覚えている。

蜜豆とところてんのほかは、なにも商《あきな》っていなかった。コーヒーや紅茶はこの二つには似合わないから、番茶だけというのは筋が通っている。

その味は……、といっても、寒天とエンドウと求脂《ぎゅうひ》と缶詰のミカンが二つ三つ、サクランボが一つ、その上から白いシロップをかけたのが、蜜豆である。だから、覚悟していたほど、不潔な感じはなかった、ということだろう。

今かんがえると、退屈とか侘《わび》しさをあらためて嚙みしめるような食べ物である。そういう味は、どの店で食べても変りばえのするものではなかった。

そういう蜜豆を大きく変えたのが、月ヶ瀬である。それには、薄い白いシロップを濃厚な黒蜜に変えるだけでよかった。あるいは、サクランボを取り去って、栗の煮たのを一箇入れればいい。実際はどうだったか覚えていないが、あの柔かくて薄赤いサクランボの砂糖煮というのは、私は苦手なのだ。見ているだけで、厭《いや》な気分になる。

ところで、月ヶ瀬のコピイを引立てたのは、その書体である。どう説明したらよいか、墨文字の独特のもので、今でも店名の書体はそのままかもしれない。

月ヶ瀬という店には、一度も入ったことはない。大人が紙容器入りのものを買ってきてくれて、「これはうまい」と感心した。そこに追討をかけるように、あんみつが売り出された……、実際はどうか知らないが、私にとってはそうであった。だから、桜井さんが言うように、月ヶ瀬のものについては蜜豆もあんみつもほとんど同じようなものとして、記憶の中にある。

二通目の手紙は、世田谷区の長谷川博一氏からのもので、ここにはあんみつの誕生について書いてあった。これは、ぜひ紹介したい。

長谷川さんの父君は、長谷川一陽《かずひろ》という黒田清輝門下の画家だったが、その後大衆美術に転じた。浅草六区の映画館の絵看板をはじめた人で、歌舞伎座の看板を描いたり、服部時計店や銀座のショウウインドウをほとんど引受けたそうである。大金を儲けたようで（もともとの資産家か）、エノケン、田谷力三などの浅草公演に、今の金にして何億も投じた、という。また、古川緑波《ロッパ》、大辻司郎、伏見直江を後援したり、和田英作、石井柏亭《はくてい》、伊東深水《しんすい》の生活を援《たす》けたりしたようだ。

以下は、手紙の文面をアレンジする。

『この父は、アルコールが全くダメで、あんこをペロペロ嘗《な》めるほどの甘党でした。月ヶ瀬の主人とも親しく、蜜豆に餡《あん》を載せることをすすめたのですが、あまりにも奇抜な提案でなかなか承知しなかったそうです。

あの有名なコピイの変則な字体は、父の指示で弟子の書いたものです。

このあんみつは、大変なブームになりましたので、特許の対象にならなかったことを、大変残念がっていました。

月ヶ瀬の主人も大変感謝し、父や私たち子供はその店でいくら食べても無料でした』

この長谷川博一氏の名前と写真を、この一月の朝日新聞で見た。「東京・占い考」というつづきもので、『占いの応用で、企業に頼られている人がいる。元電通社員の長谷川博一さん。四柱推命学を基本に、約八千人のサンプル分析から「態度類型学」を編み出し、企業の現状分析、未来予知に応用、経営診断に応じている。もっとも、ご本人は「占いじゃない、統計学だよ」とおっしゃるが』とあった。

その長谷川さんの手紙の一節に、こうあった。

『豆カンは、ひょっとしたら舟和《ふなわ》ですか。大正の末期から昭和の初め、浅草に住んでいた私は、小遣いを持っては舟和によく行きました』

豆カンは、浅草の梅むらである。

舟和というのは、私にとっては芋ようかんの店である。亡父が、浅草へ行くとこれを買ってきてくれた。竹の皮で包んであって、薄い黄色をしていて、甘さが淡くて旨かった。私の好物であった。

大正十二（一九二三）年八月十三日　谷口喜作宛　書簡

芥川龍之介

冠省鎌倉に来てうまいお菓子なく困り居り候間お手製のお菓子お送り下され度願上候お菓子は

とまん中に胡桃のついているお菓子になされ度これを二折にて五円におこしらえ下され度候なおその外に最中我々の食べる分だけよろしく御見つくろいおん送り下され度候なおお金は勝手ながら帰京の節差上ぐ可く候間送り状御封入下され度願上候右当用のみ　頓首

八月十三日

芥川龍之介

閑心邸御主人　おんもと

おん送りさき　相州鎌倉停車場前平野家内　芥川龍之介

〔編集部注〕　谷口喜作は上野・広小路にある菓子屋「うさぎや」創業者。うさぎやの最中が大好物だった芥川は、自ら考案した菓子を鎌倉へ送るよう注文している。

ハート型のビスケット

森三千代

雨が降ったり、みぞれが降ったりという日がつづくので、私は、どんよりした港の空と、鷗のとぶのが見える北欧アントワープのホテルの窓から、日本へかえる船の汽笛を侘しく聞きながら、本を読んだり、ものを書いたりする生活をつづけていた。

その頃、日本から紹介されてきて、ちかづきになった友人が、退屈だろうというので、ベルギーの名所旧蹟を案内してくれた。

首都ブルッセル市からガン市へゆく街道にアスクという町があった。北ヨーロッパ特有の白っぽけた淋しい町だったが、この町に、本家と出店二軒だけむかいあってこの土地の名物ビスクイというものを売る店があった。

ビスクイ、勿論それはビスケットのことだ。すくなくとも、字の綴りはおなじなのだ。乳くさい、あかん坊のにおいのするあのお菓子だ。支那でいえば餅乾《ピンキン》だ。上海じゅうさがして歩いて、どうしても通じなかった言葉なので、いまでもよくおぼえているのである。

でも、アスク名物のビスクイはもっとチョコレート色に焦げた、ひらべったくて、いろいろなものの形をした大きな板のようなものだった。味は砂糖分が強くて、じめじめとしとっている。

――アスクのビスクイはヨーロッパでも名高いものですよ。

そういわれて買ったのは、さしわたし八寸ほどもある大きなビスクイであった。このビスクイは見事な心臓《ハート》の形をしていた。ずいぶん大きな心臓だ。これだけ大きな心臓を持っていたら、どんなにたくさんの恋愛ができるだろう。

自分のホテルの一室にかえってきてから、私はこのハート型のビスクイのはしに、鼠のように噛りついた。毎日、噛ったうえからまた噛りだした。噛っても噛ってもなかなか小さくならなかった。

私は、巴里で、実物大のフットボールのチョコレートを飾窓の外からながめて、みんな一人で食べてみたいという野望を抱いたことがあった。ある日、ついに意を決してつかつかと店へ入って、いった。

――このフットボールは、なかまですっかりチョコレートで出来ていますか。

売子は首をちぢめて、否《ノン》とこたえた。（それじゃつまんないや）私はまたトントンと外へ出てしまったことがあった。

私はこの大きすぎるビスクイを見ながら、あの大きなチョコレートを思い出したりした。

雨のあがった日に、日本からのなつかしいたよりをうけとって、それを公園で読もうと思って出かけていった。たよりには、日本の坊やのことが書いてあった。私はビスクイを持った手を、海の向うの坊やの方へ押してみたが、とどく筈もなかった。アッシジの聖フランシスコのように、半分の心臓を、雀と鳩になかよく食べさせてしまったっけ。

森三千代

巴里点心舗

木下杢太郎

巴里の凱旋門に近く、アエニユウ・マルソオにポテレ・シャボオという店があった。二階は食堂で下は菓子屋である。何でも東京の風月堂の主人がこの家で修業したので、京橋の店の経営もここを型取ったのだという評判だが、真偽のほどは知らぬ。上の料理はさまで感服出来なかったが菓子は中々うまかった。午後の三時から六時頃にかけてはそれ故一杯の客であった。菓子の外に皿に盛った冷い美しい料理もあった。ところ柄英米人が多かったが、僕も一人で或は数人で、時とするとその店に腰をかけて窓外の賑かな街を眺めた。ただかくこの店に坐して居るだけでも、自分は生きている、自分の周囲に世界がある、或は今の瞬間に何か国際的の一大事件がこの近くに芽ぐみ、醱酵しつつあるのではないかというような気分になることがあった。

ところが僕が四時前後にこの店に来ると、四度に三度はきっと、かなり高齢の肥った女に出会った。いつも大抵立派でない馬車に乗って来てそれを戸外に待たして置き、この家に茶かスウプかを飲み、一皿の菜を命じたが、その風体は上品な人には見えず、着物もいつも同じ、黒い粗末なものであった。果して何人であろう、とその時はいつも好奇心を起したものであった。そして直ぐ忘れ、また起した。……

それは既に六七年前のことである。あの老女はまだ生きて居るだろうか。そしてなおもポテレ・シャボオの店で点心を喫して居るだろうか。或はそこに近いシャンゼリゼエを馬車で通り尽して、物静かな永久なエリゼエに達しているだろうか。

巴里では僕はサン・シュルピスという寺の側に住んでいた。同じ名の小路は昼も夜も、人の往来の少い通であるが、僕は午後よくそこの或る小さい喫茶店で茶菓を取った。或時この通りに捨児があって、店の女中達が騒いだ事などは、その頃「サンデー毎日」に通信したことがあった。僕は時として昼飯の代りにこの家で麭麵、サンドイッチなどを食った。女中たちも午ごろは隅の卓でつつましげに食事した。彼等は水の代りに、水を割った葡萄酒を飲んだ。まだ三十をそう越しはしまいと思われる主婦は上品な人相であった。巴里といってもこの辺はすこしも近代的ではなく、十八九世紀も今もそう違いはしまいと考えられた。

そのうちに四五軒置いた先きにも一軒の菓子屋が出来た。帳場に坐る太ったおかみさんは何か言葉が重苦しく、無論巴里人ではなさそうだったが、あとで一緒にその家で茶を喫した仏蘭西人にきくと、伊太利人らしいと言った。僕も一二度その家に立寄ったが、菓子の種類も多く、そして二三かなりうまい生菓子を並べていた。殊に夏になるとキャスカアドというナアプル風の氷菓《グラス》を食わした。それがうまいので僕も、いつとはなしに、久しくなじんだ元の家をやめてこの家に行くようになった。初めのうちは客の少なかったその家にも其後は幾組かの客を見るようになった。無論元からの家はそれだけ客を取られるわけである。僕には前の家がどうやら段々と客足の少くなってゆくように感じられた。

それももう五六年前のことになる。今ごろはどうなったであろうか。

巴里の国立劇場コメヂィ・フランセエズの在るブラス・ヂュ・パレエ・ロワイヤルという広場は、巴里の数々の広場のうちでも気持の好い処である。そこの一側にシブストという小ぎれいな菓子屋があった。僕はルウブル画廊を見てのあと、ベルリッツの西班牙語の稽古の帰りなど、よくこの家に寄った。初め児島喜久雄君から紹介せられたのである。

我々は女のするように、昼飯をこの家で食べたので、後に家の人々に馴れた後は、そんなことで我慢が出来るかとか、一日に二度も肉を食うのはやり切れないとかと笑談を言い合うようにもなった。この家では生菓子の外に、コキイル・サン・ジャックとか、小型の腸詰《チーズ》などを温めて食わした。そんなものを菓子屋で午たべるのは恐らく女の人ばかりであろう。菓子ではミル・フェイユというのがうまくて、よくそれを食べた。然し、しまいにはそれに飽きて児島君と、あれがうまいなどと言い出したのは誰だなどと言い争った。マロン・グラセエという栗の菓子は、日本の栗のふくませより更にうまかったが、之を食うと転に郷愁の起るのを感じた。僕は里昂《リオン》に数箇月滞在した時は、夕方学校の帰りによく之を買って来てひとりで宿で食べた。巴里できれいに作ったものは中々高く、一つ一法か二法《フラン》かしたように覚えている。

帳場に坐っている主婦は面長で、日本人のような顔立であった。そして薄いそばかすが沢山あった。客が（主に婦人だが）出はいりするたびに「マダム…マダム…」と言った。客は菓子を買って去り、時として自分も一つ二つ食った。椅子に腰を下ろすような人は少かった。立派な婦人が立ちながら喫した。又外からしげしげと飾窓を眺め、敢て買うことなく過ぎる人も少くはなかった。

亭主は、かみさんよりわかそうに見える美丈夫であった。常に白衣をつけ、高い白の頭巾を被っていた。かみさんのしばらく居なかった間は亭主が時々帳場に坐っていた。かみさんが情夫を作って逃げたなどという評判もあったが、そのうちまたかみさんが帳場に坐るようになった。聞くと子供を産んだのだということである。その子供はどうしたと聞くと、田舎に預けてあると答えた。そして僕は、巴里人も子を産むものであるということを覚えた。

その後はこの店の椅子が、亜米利加婦人の為めに占領せられることが屢であった。僕も巴里の生活になれ、点心舗よりも珈琲店を選ぶようになり、殊に夏の夕方は、この広場のカフェのテラスに腰かけて、ぼんやりと国立劇場前の人の往還《ゆきき》を見るを好むに至り、シブストの店とは縁が遠くなった。

なんと云っても巴里の菓子はうまい。然し巴里へ来て感じたことは、学生の時分本郷の青木堂でたべた菓子は、中々馬鹿に出来ないものであったということであった。

巴里で一番繁昌する菓子屋はリュ・ド・リオンのリュスペルマイエエという店であった。その時刻になると全く肩摩という言葉がふさわしい位の大入であった。我々はその家のモン・ブランという菓子を好んだ。

巴里には無論菓子屋が甚だ多い。僕はあまい物を好んだから、あちこちの家で菓子を喫した。然しうまい店はやはりそう多くはなかった。それらの店の様子などを一々書くと多少の興味もあるかも知れないが、一つには紙を費し、一つには現に記憶が薄れ名を忘れたものも多いので、先ずこの位のことにして置こう。

木下杢太郎

『日本郷土菓子図譜』全三巻 より

武井武雄

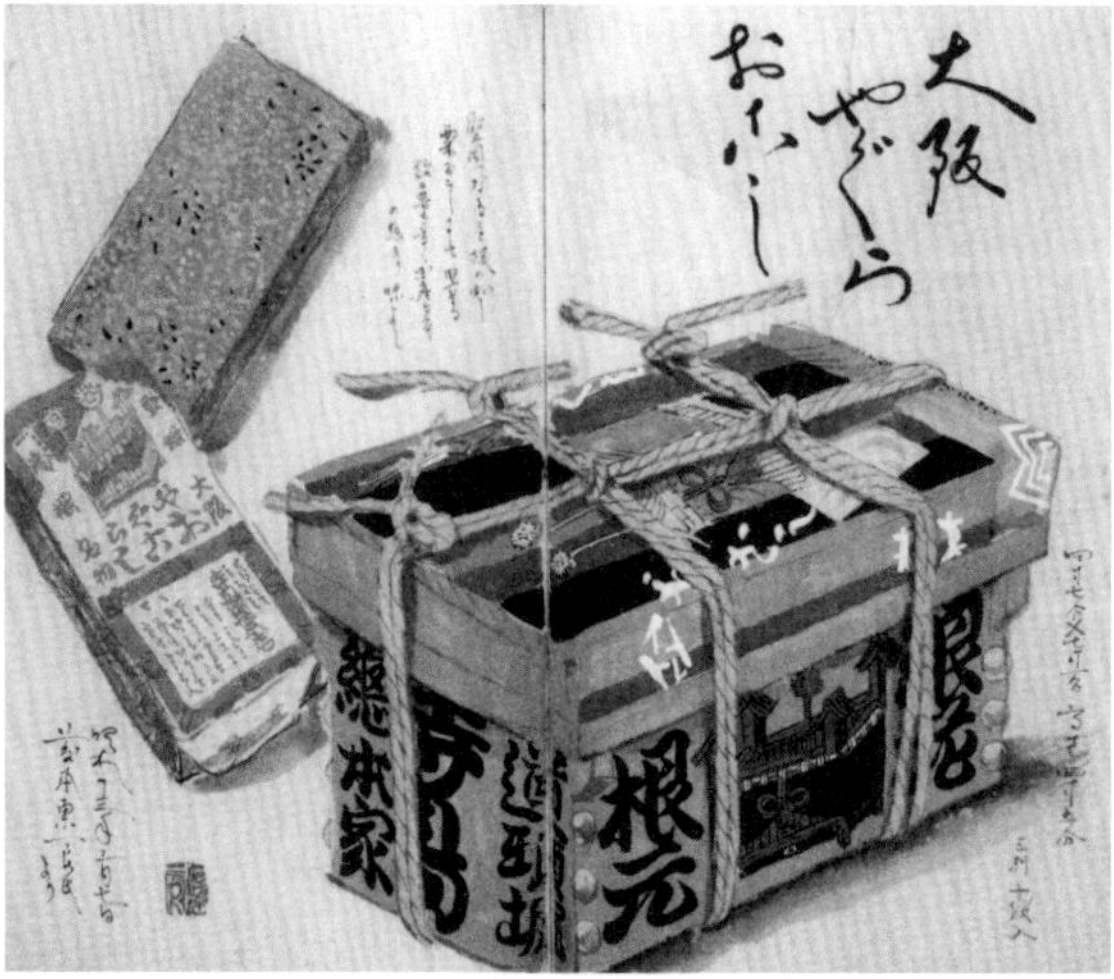

大阪 やぐらおこし

四寸七分×七寸一分　高さ四寸五分

三列十段入

堅固なること板の如し

粟おこしにて堅める

飴の量多く

国産タフィの趣あり　味よし

昭和十三年三月七日

藤本東一良氏より

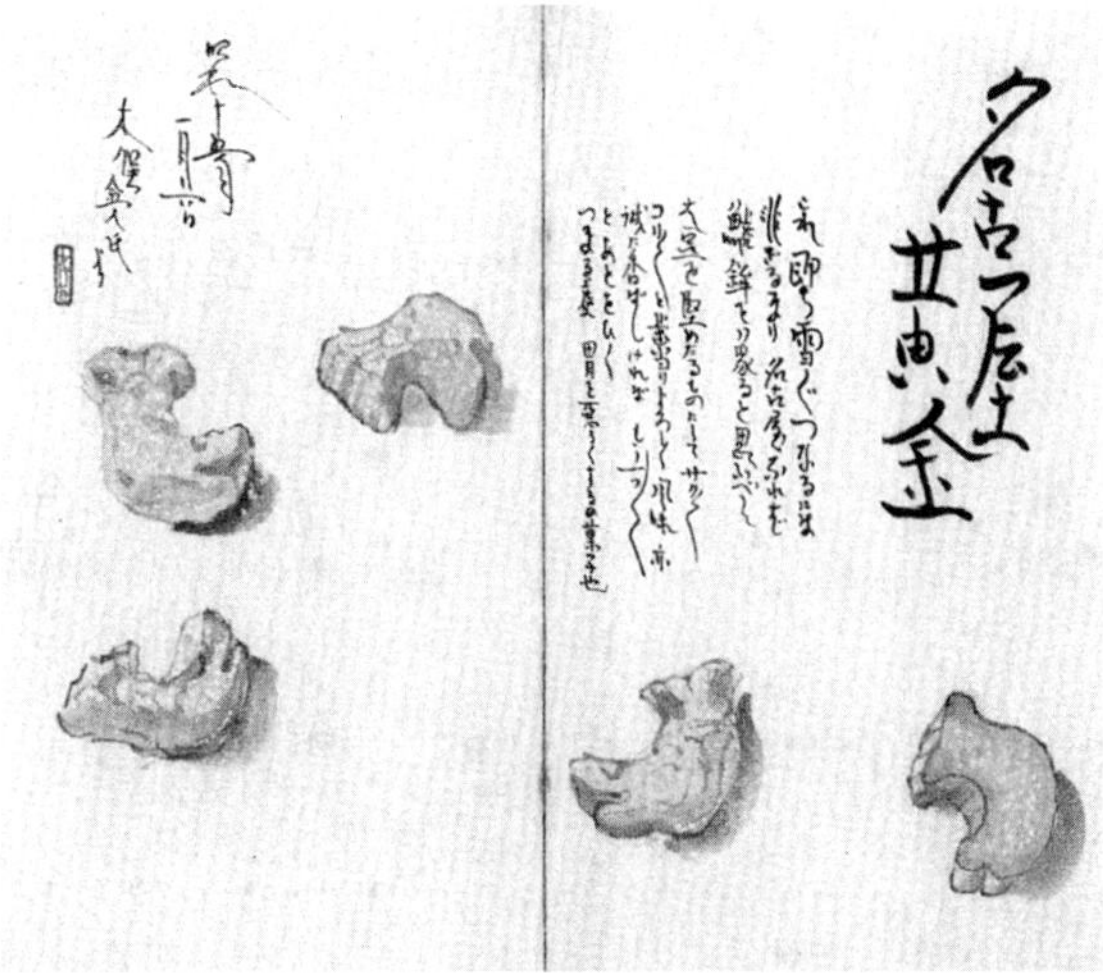

名古屋　黄金

これ即ち雪ぐつなるには非ざるなり
名古屋なれば鯱鉾を象ると思うべし
大豆を堅めたるものにして
サクサクコリコリと　歯当りよろしく
風味亦　誠に香ばしければ
もう一つもう一つとあとをひく
つまる処　胃を悪るくするの菓子也

昭和十五年一月六日
木俣金人氏より

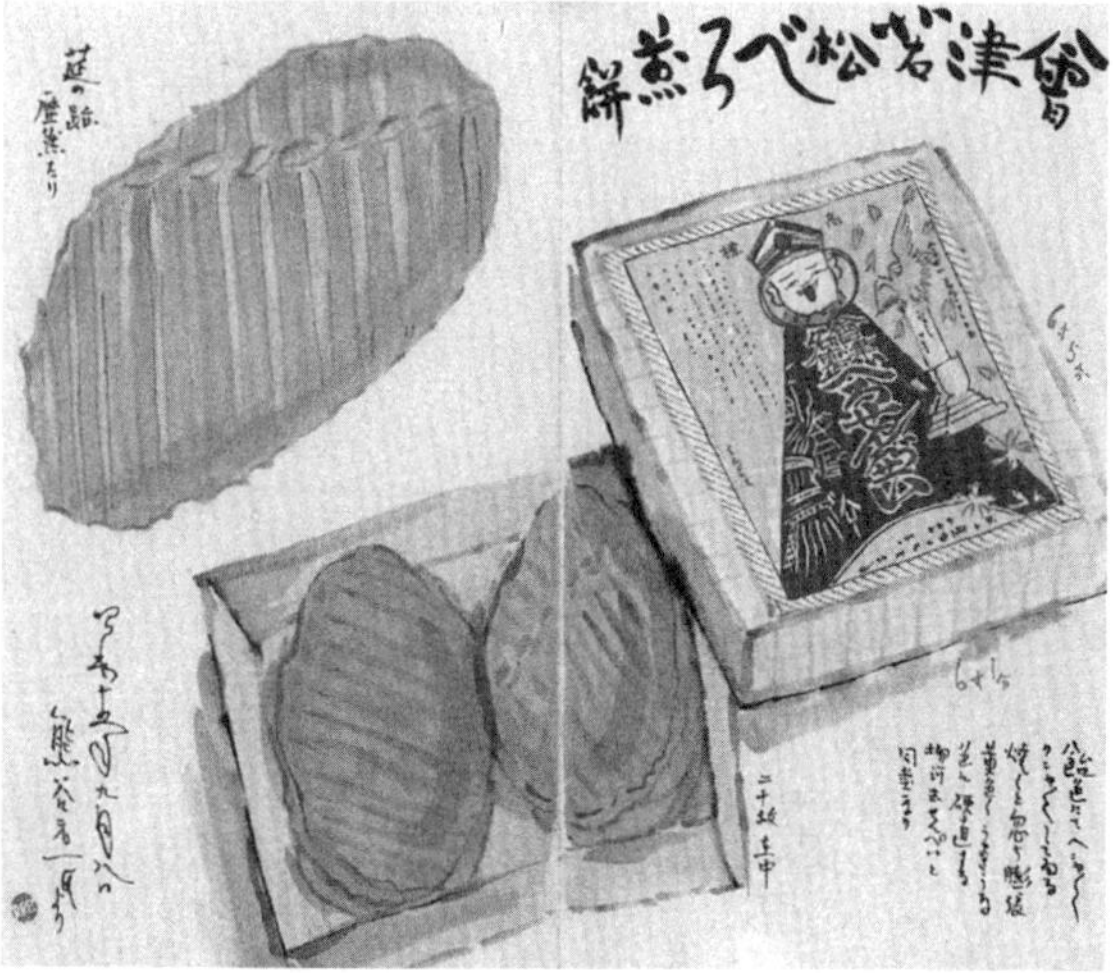

会津若松べろ煎餅
飴色にてヘニャヘニャ
クニャクニャしている
焼くと忽ち膨張
黄色くうまそうな色に硬直する
柳河米せんぺいと同類なり
6寸5分　6寸1分　二十枚在中
莚の跡歴然たり

昭和十五年九月八日
熊谷元一氏より

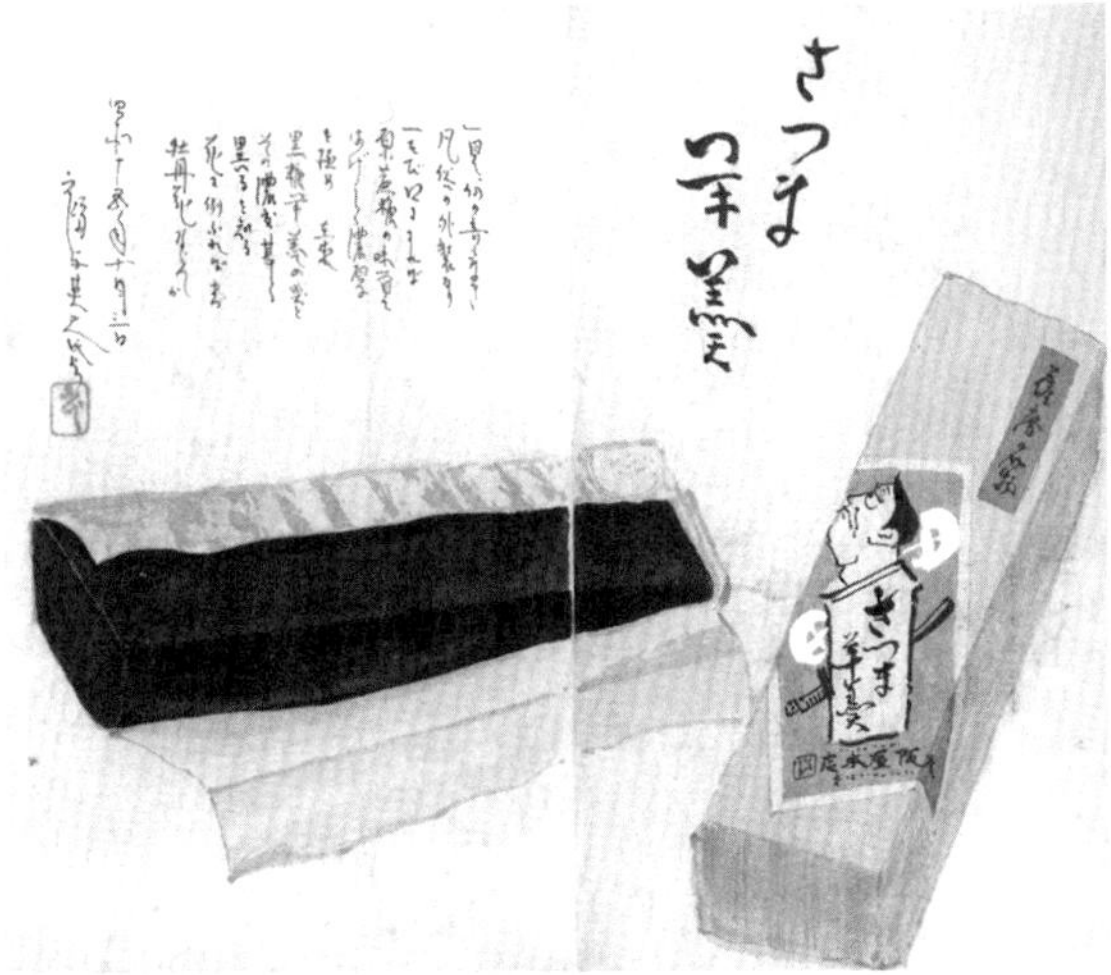

さつま羊羹

一見何の奇もなき
凡俗の外装なり
一たび口にすれば
原蔗糖の味覚はげしく濃厚を極め
在来　黒糖羊羹の類と
その濃度甚しく異るを知る
花に例うれば
まず牡丹花ならんか

昭和十五年十月三日
福与英夫氏より

武井武雄

冬は今川焼きを売り夏は百姓／夢屋エレジー

深沢七郎

冬は今川焼きを売り夏は百姓

冬は東京で今川焼き屋、春、夏は百姓仕事。近所の人や、通りがかりの人が買いに来る仕事がいいんだよ。

今川焼きを作るのはオレに似あっている。寒くなってからはじめる。粉をミックスする機械があって便利。今川焼きは下町の味だね。今川家のモンドコロというのは気にいらないけど。

冬は今川焼きを売り、夏はやはりここにいたい。ブドウのつるしばり、剪定《せんてい》などは自分でやりたいからね。朝起きてブドウを食べるのはうまいよ。

庶民だなーというのが、今川焼き屋じゃない？　今川焼きの宣伝ばかりして悪いけどさー。

夢を売る店っていうと、まったくシャンソンだね。

「七屋」と「夢屋」とどっちがいい？　か迷って、女の人が夢屋がいいって言うんで「夢屋」

にした。次にギョウザ屋やるとき「七屋」ってやろうと思ってね。どうせ一年やったらあきちゃうんだから……。でもこんな歌も作ったから、聞いてくれる?

夢屋エレジー

今川焼き　今川焼き　今川焼き
鉄板にこびりついて離れない
どーうせ　ぐっちゃぐっちゃになったからは
十円でも十五円でも喰わそうよ
せがれと腕相撲すりゃあ負けてしまうし
せがれと風呂にはいりゃ
せがれのせがれの方が親父のせがれよりでっかいし
親父の貫禄は台無しだ〜

今川焼き　今川焼き　今川焼き
十月一日　十月一日　十月一日
毎年十月に店開き　ミツバチやありんこと違うのは

冬は稼いで夏遊ぶ
せがれと腕相撲すりゃあ負けてしまうし
せがれと風呂にはいりゃ
せがれのせがれの方が親父のせがれよりでっかいし
親父の貫禄は台無しだ〜

今川焼き　今川焼き　今川焼き
いくら売れても儲からない
いくら儲からなくても負けないね
お目目につばを付けて泣きましょう
せがれと腕相撲すりゃあ負けてしまうし
せがれと風呂にはいりゃ
せがれのせがれの方が親父のせがれよりでっかいし
親父の貫禄は台無しだ〜

どお？　〝夢屋往来〟っていう題で、P・R誌に書いたんだけど。ところで、今川焼きの歴史っていうのは、今川義元が紋《もん》どころだったという人と、今川義元が戦争やったとき、とっても食糧がたりなくてやったという説と、江戸時代に神田の今川橋で焼いたという説があるけど、今川橋の説が、ほんとらしい。

今川焼き屋のためにこっちへ来てから、今川焼きの食べすぎで太ったね。そりゃ喰うもの。喰うのは、オレのこの世の極楽みたいなもんだから。お医者さんが言うには、オレの背とか年では四十五か四十六kgがいいんだって。今、六十二kg。六十二kgを絶対にふやしちゃいけないって言われている。腹が出てくるのは苦しい。老化現象の中でも一番苦しいもの。年とってみにくくなる、きたなくなるのは、おかしい。窮屈になるのはいやなことだね。

コウシロウのお菓子

小川糸

コウシロウのお菓子を食べて育った私は、つくづく幸せ者だなぁ、と思う。コウシロウというのは、生まれ育った実家のそばにあった洋菓子店の名前である。お菓子を作るのは、沼澤幸四郎さんだ。

コウシロウは、私が物心つく頃からそこにあった。特に商店街に店を構えるでもなく、町の一角にぽつんとある。

コウシロウで思い出すのは、まずその外観だ。大きな屋根が印象的で、スイスの山小屋をイメージさせるような、とても凝った造りをしている。そして、ショーウインドーにはいつも素敵な飾りつけがされている。店に近づくと、ふわりと甘い匂いがして、店内に一歩入った瞬間、きゅっと気分が浮き足立つ。幼い頃から、店を潤す澄んだ空気が好きだった。

包装紙も、印象に残っている。抽象画のようなそうでないような、まるでミロのような絵が描いてあるつるりとした質感の包装紙で、その紙に包まれた箱が冷蔵庫に入っているのを見つけると、いつだってワクワクした。

私が生まれ育った家庭は決して平穏ではなかったが、コウシロウのケーキや焼菓子は、いっとき、わが家に平和をもたらした。

ふだん、ちょっとケーキが食べたい時に登場するのは、ショートケーキやチョコレートケーキ、チーズケーキなどの生ケーキだった。歳の離れた姉ふたりが上京する前は、三姉妹でよくジャンケンをし、勝った人から順番に好きなケーキを選んだ。

どのケーキでもおいしいから負けてもいいのだが、自分が真っ先に選べる時は、たいてい、さくらんぼのケーキを取った。その頃はまだ、このケーキの正式名称がシュヴァルツバルターキルシュトルテ（黒い森のさくらんぼ酒ケーキ）で、ドイツを代表するケーキであるということも知らなかった。チョコレート味のスポンジケーキと、生クリームとはちょっと違う独特な酸味を含んだクリーム、それに洋酒に漬け込んださくらんぼが合わさり、上には削ったチョコレートがかかっている。もったいないから、私はいつも少しずつ食べていた。

誕生日には、切り分けたケーキではなく、どーんと丸ごとホールのままのケーキが登場した。これはさくらんぼのケーキも捨てがたいが、私はいつもブールドネージュをリクエストした。これは形がボールのような球形で、その表面を白いクリームとピンク色のクリームが、四分の一ずつ交互に覆っている。中には、胡桃やレーズンを入れてしっかり固めに焼いた生地が入っており、シンプルながらも奥深い味なのだ。最後に食べたのはもう二十年も前なので、正確には思い出せないが、このケーキを食べた時の幸福は、いまだに少しも色褪せない。

上京して山形を離れてからは、よく母が野菜や果物と一緒にコウシロウの焼菓子を入れて送ってくれた。スウィートポテトやミルフィーユ、レーズンサンド。中でも毎回のように入れてくれたのが、親指大に焼き上げたクッキー生地の半分にだけチョコレートをかけた焼菓子で、私はその正式名称を知らないまま、ずっと「チョコ棒」と呼び続けている。冷蔵庫にチョコ棒があると、にんまりしてしまったものだ。

ただ、そんな大好物のチョコ棒も、私と母との関係が悪化するにつけ、届かなくなった。ご無沙汰した期間は、おそらく十年に及ぶかもしれない。今から振り返ると、チョコ棒は、私と母をつなぐ、小さくて甘いバトンだった。

チョコ棒を送ってくれた母も、家族でケーキを食べた実家も、今はもうない。だから私にとって山形は、帰る場所ではなく、旅行者として訪ねる場所になった。

先日、両親の墓参りの帰り、久しぶりにコウシロウに寄ってみた。そして、びっくりした。だって、何も変わっていないのだ。子どもの頃に感じていた清らかな空気が、清らかなまま流れていた。しかも、幸四郎さんの奥様が、あの頃の佇まいのまま店に立っていた。店に並んでいる商品も、ほとんど私が子どもの頃のまま姿を変えていない。大きなブールドネージュも、さくらんぼのケーキも、そのままだった。

どうやら、私とコウシロウは同い年らしい。つまり、約半世紀も、コツコツと同じ味を作り続けているのだ。

新幹線に乗ってから、久しぶりにコウシロウのお菓子を食べる。やっぱり、同じ味がした。子ども時代を思い出し、ちょっと泣いた。私はいまだに、コウシロウのさくらんぼのケーキよりもおいしいキルシュトルテを食べたことがない。

わがし

いしいしんじ

五歳の誕生日パーティのさなか、同い年の友達、そのおとーさんおかーさんと大騒ぎしている居間から台所にやってきたひとひは、ケーキ用のローソクを準備している園子さんにむかい、

「あのねえ、おかあさん、ちょっと、おねがいがあんねんけど」

といった。

「いいわよ、ぴっぴ！　ぴっぴのおたんじょうびなんだから！」

園子さんはいった。

ひとひはほっと息をついて、

「じゃあねえ、ぴっぴ、ケーキ、たべなくってもいい？」

自家製ケーキの焼き上がりを待ちかまえていた園子さんの目は、一瞬、金槌《かなづち》で横殴りにされたみたいにモーローとなった。が、なんとか気を取り直し、

「そ、そうか。じゃあ、ぴっぴ、なにがたべたいのかな」

ひとひはにやり、と微笑むと勢いをつけ、

「わ、が、し！」

と叫んだのである。

もともと、渋いものが好きだった。僕が酒飲みなので、結婚した当初から、園子さんの手料理が、もともとアテ系に流れがちだったこともあるだろう。魚は、三浦半島の三崎から、宇宙一の魚屋まるいちの美智世さんの手で、よりすぐりのものが直送される。二歳のころからすっぽん食堂ツバクロから子供用Tシャツを作ってもらえるほどの常連である。いちばん好きなのは、ときくと、

「やまがたの、たまこんにゃくと、おふ！」

とこたえる。

去年、回転寿司屋での第一声が、

「えーと、ふぐ、ありますかあ？　あったらあ、ちいさくにぎってえ、あかい、からいやつ、つけんとってください」

だった。

おおきに屋さんで粕汁《かすじる》を出され「これは、お酒がおいしさはよくわかるけど、よっぱらわへ

んから、こどももだいじょうぶ」と説明してやると、ひと口すすり、

「おとーさん、ずるいわ。こんなん、まいにちひとりで……」

とつぶやくや一気にかっこんでしまった。

といって甘いもの、洋菓子を拒絶しているわけじゃない。世のおっちゃんらは、いま子どもたちのあいだでどれほど豊かな「グミ文化」がひろがっているか、想像したこともないだろう。コンビニで一度しゃがんでみるとよい。ガムより、キャンディーより、いまお菓子コーナーで幅をきかせているのは、ほかならぬグミだ。いつからそうなっているのか見当もつかない。グミってこんなに可能性を秘めていたのか、とその多様さにびっくりする。ひとひはまだガムはかまないしコーラは飲まないがもうずっとグミに夢中だ。

京都市動物園の北側に、園子さんの愛する菓子・茶房ｃｈｅｋａ《チエカ》がある。ここの名物はシュークリームで、注文をきいてから、シュー皮のなかにクリームをぱんぱんに注入してくれたものを、その場で食べられる。ひとひもこのお菓子が大好きだったのだが、こないだ動物園の帰りに寄ったら、

「すんませーん。シュークリームの、クリームぬきで、おねがいしますぅ」

と、驚愕の注文をした。

「いや、ちょっとくらいいれてもろたら？　半分くらい、みたいなリクエストもたぶんできる

で」

と諭したのだが、かたくなに拒み、ベンチでシュー皮だけをかじりつつ、

「アー、やっぱり、これにしといてよかったわー」

と満ち足りた顔を輝かせていた。

僕がお茶をかじっていたこと、一保堂さんとつきあいがあることなどから、たしかに、和菓子がうちのなかにはいってきやすい環境ではあったかもしれない。鴨川河原での野球や、御所でのBMX遊びのあと、

「おやつ、なにがええ」

ときくや、最後までいわせず、

「わがし！」

と即答する。

いちばんのお気に入りは、木屋町三条下ル「月餅屋」のお干菓子。「りゅうすい」「まつば」「てふてふ」「まつ」など、銘をすべて暗記している。このお店はわらび餅がたいそうおいしいのだが、あんこ嫌いのひとひは、あわ餅のほうが好み。

寺町御池のアーケードをはいったところの「小松屋」では、麩《ふ》まんじゅう。玉わらび。お店のおねえさんと顔なじみなので、市役所前広場で遊んだあと、その流れのままこちらに向かう

ことが多い。

岡崎公園で遊んだあとは、二条通の「よもぎ双鳩堂二条店」で、「はと餅」を。これはあんこがはいっていないため、たいそう好みで、おなかがすいていたら二個たべてしまう。

京都の和菓子屋さんは「おまんやさん」と「おもちやさん」に分けられるが、ひとひが好きなのは圧倒的に後者だ。

「たまこんにゃく」といい、「おふ」といい、やわらかない、くにゅくにゅしたものを好む傾向があり、味というよりまだ食感で選んでいるのかも、とおもったりする。が、ここ最近、いちばん食いつきがよかった「くにゅくにゅしたもの」は、お正月にホホホ座三条大橋店のイベントで出た、ツバクロの「すっぽんだしのお雑煮」だったのをおもいだした。つきたてのおもちとすっぽん団子、すっぽんコラーゲンが、絶妙のバランスで浮かぶあのお椀を、ひとひはひとりで四杯おかわりしたのだった。

いしいしんじ

菓子の楽しみ　弘前・旭松堂「バナナ最中」

土井善晴

お世話になった焼きものを商う家へ行けば、流行ものじゃなくて、普通のもので素朴でおいしいお菓子がいつもありました。それは目を見開くようなお菓子ではありません。でも、それを寄せてくる人たちは、器を見ても、洋服の生地を見ても、同じものをいいなと思える、ものの見える人たちでした。

いま思えば、そこにあったのは、真面目に嘘のない仕事をする人がつくるお菓子でした。とびきりおいしいものを作ろうなんておもわない。昔ながらの仕事を大事にするつくり手は、世間に不器用な人たちも多く宣伝もしない。だから次の時代にはなくなっていくものかもしれないけれど、そこには人間の温かさと、だれが食べてもよいというような安心と信頼がありました。そうした、食べるものをつくるならあたり前の心得は表層にも現れてくるのです。そんなあたり前のお菓子が、私はことのほか好きなのです。

余談ですが、売れる商品を作ろうと思うと、東京のような大都市で受けているものを参考にする。でも、そんな考えから良き商品は生まれません。その土地のお天道様を見て感謝して、自分の都合よりも食べる人を思ってつくるのです。そう言うことを間違ってはいけないと思います。

ここ五年ほど青森の仕事が続いています。城下町の弘前には、古いお菓子屋さんが何軒もあって、拭き込まれた古ガラスの微妙なゆがみが美しく、店主の品の良い暮らし方が見えるようです。それぞれが和菓子を売る店ですが、時代の流れにのって生まれたロシアンケーキやバラ型のショートケーキなどの洋菓子が、共存しています。それでも違和感がない理由は、素材は違っても、つくる人の心が同じだからです。和魂洋才、店主の心は揺るぎなく、心の置き場が定まっているのです。

弘前でバナナの形をした最中菓子が目に留まりました。生のバナナを見てもそんな感じはしないのですが、とても温かく愛おしいのです。私の子供の頃のバナナはまだまだ高級で、珍しく、干しバナナに残る独特な香りを喜んでいました。修業していた吉兆でもその頃は、バナナをフォークひとつで食べられるように包丁をします。両端を切り落とし、上面の皮を剝き、一口大に切り込みを入れ、銀皿に盛って水菓子にしたと聞いていました。

「旭松堂《きよくしようどう》」のバナナ最中には、棟方志功がさらりと描いた岩木山の絵と栞がついています。栞の裏には菓子の逸話が記されています。

古都弘前……昭和のはじめ、バナナという果物を食べた人少なく

初代、万次郎が上京の際高価で芳香な果物を食し後に、菓子で模したのがはじまりです

……。

白あんにバナナの香りをつけ、小ぶりなバナナ型のテラシ（最中の皮を焼く道具名）で焼いた餅を皮にする。この土地に生まれ、外に出ることもない人々に、バナナを食べさせてやりたい気持ちからつくったバナナ最中は、おのずから魅力が備わってくるのでしょう。バナナの水彩画を写したかぶせ紙を取り、栞を読んで、最中を朱塗りの器にのせるとき、日常の暮らしにあたたかな光がきらきらとしてくるのです。

土井善晴

梅屋敷　福田屋

若菜晃子

今日は朝からカンカン照りの真夏日で、駅からここへ歩いてくるまでにすっかり汗だくになってしまったので、まず手始めに頼んだのは氷イチゴと氷スイだった。

開け放しの入口から暖簾をくぐって席に座ると、色白の痩せたおじいさんがすいとやってきて、お冷やと一緒に、小さな紙切れとボールペンを置いて、注文はこちらへどうぞと言われる。壁に貼ってあるお品書きを見ながら書き込むと、おじいさんはすぐにやってきて、追加がある場合はどうぞと小声で言って、書いたところだけをちぎって持っていった。

厨房から氷をかく音がする。シャカシャカシャカシャカシャカ……。音が止んだと思ったら、すぐに運ばれてきた。ガラスのうつわにこんもり盛られた氷は、昔の氷イチゴ色で、昔の氷イチゴ味がする。スイは透明だが、甘さは濃い。氷がきーんと冷たくて一気に体が冷える。あー、最初の一杯はこれだね。ようやくひと心地ついて、店内を見回し、お品書きを再び眺める。

次は甘辛にしようと、あんみつとお雑煮にした。私たちが紙切れに書いているのを見ていたのか、おじいさんは間髪入れずにやってきて、すぐに出てくる。お雑煮は百八十円だったので、どんなものだろうと思っていたら、四角い焼き餅に海苔、なると、かまぼこにキャベツの千切りが入ったおすましである。これがおいしいからびっくりする。あんみつのあんには豆の粒がそこここに残っている。赤えんどうもぷっくりして割れているのもある。どちらもお店のお鍋で炊いたのだろう。くだものはミカン一粒だけなのだが、それがかえって口直しになっている。

小さい紙とボールペンはまだ机の上に残っていて、さてどうしようかと考える。先ほど自転車で来たおじさんがソフトクリームを頼んで、最初は食べながら他のメニューを眺めたりしていたのだが、途中からは恍惚の表情を浮かべて夢中で食べていたので、ソフトにしようかなと逡巡する。しかもソフトはお品書きの先頭に書いてある。ちなみにソフトクリーム百二十円の次は、アイスクリーム七十円である。いまどき七十円のアイスってどんなものなのだろうか。でもこれまでに頼んだものはどれも安かったけれど、どれもとてもおいしかった。アイスクリームもたぶん手作りでおいしいだろうと思う。いやむしろ、おいしいという確信がある。私はソフトにすると言って、夫はアズキアイスにした。アズキアイスも七十円である。

お店には次々に人々が入ってくる。みな近所の人とおぼしき人ばかりだ。暖簾をくぐっておじいさんと女の子ふたりが入ってきた。

「ここにするかい。はい、座って。なににする？　アイスクリーム？　かき氷？」

「氷あるの」

「あるよ」

「何味があるの」

「赤と黄色と緑がある」

「青はないの」

「青はないよ」

　お姉ちゃんは緑にするとすぐ決める。妹はなかなか決められない。おじいちゃんはしきりに聞く。赤にする？　イチゴだよ。いやだと妹はかぶりを振る。じゃあ黄色？　レモンだよ。妹はまたかぶりを振る。緑がいい。緑？　一緒でいいの？　いい。おじいちゃんはひとりで全部食べられるかい、と何度もふたりに念を押す。お姉ちゃんが、おじいちゃんはと聞き、おじいちゃんは、緑にするよと答える。えー、違うのにしなよ、とお姉ちゃん。お決まりですか、とお店の人。緑三つね。おじいちゃんは頑として氷メロンとは言わない。女の子たちはひとりひとつずつの緑のかき氷に喜び、食べ始めた。そしてしばらくすると、あとおじいちゃん、と言って、緑の水を押しやった。

「おじいちゃん、プール行きたい」と言うなり、姉妹は立ってさっさと出ていき、おじいちゃんはにこにこしながら孫を追って、かがんで暖簾をくぐって出ていき、少しして、ひとり一台ずつの自転車に乗った三人が、開け放しの戸の向こうを走っていくのが見えた。

おじいさんがやってきて、うつわを片付け、台ふきんで机を拭いている。ちりんちりんと風鈴の音。緑の木々の茂る庭。鏡のついた店内。鉄パイプの椅子。ビニールがけのテーブル。氷の字を染め抜いた大きな暖簾。ガラスの引き戸。壁に貼られたお品書きの白い札。

ソフトは絶品であった。アズキアイスも小豆を煮ているだけあって、バー付きの市販のアズキアイスよりも数段おいしい。しかしソフトのおいしさに比べればかすんでしまうほどである。食べているうちに、今まで食べたソフトでいちばんおいしかったのはどれだろうと考える。それはいつどこでとはっきり覚えていないのだが、子どもの頃に日帰りで家族で山の牧場に遊びに行ったときだった。末っ子の私はまだ幼稚園で小さかったけれど、きょうだい三人にひとつずつソフトクリームを買ってくれて、大事にそれを食べた。あのソフトはおいしかった。

おじいちゃんに連れられて来ていた女の子たちもあんなふうだったけれど、おじいちゃんと食べた緑のかき氷を覚えていて、いつか懐かしく思い出す日が来るのかもしれない。

小さい紙は三回目の注文でおしまいだった。御代は全部でたったの九百十円だった。私たちは暖簾をくぐって、再び炎天下の外に出た。

鯛焼きの踊り食い

岡本仁

恵比寿のたこ公園脇にある「ひいらぎ」で鯛焼きを買った。はじめて食べたときは、妙に形が整っていて鯛焼きらしくないとまず思ったが、驚くべきは外見だけではなかった。一口齧ると、鯛焼きではない別の何かのような食感がある。豆大福の餅の部分を皮とは言わないように、鯛焼きの皮というのはあくまで便宜上「皮」と呼ばれているのであって、リンゴやソーセージの皮とは別種のものである。しかし「ひいらぎ」のはまさしく皮、極薄で、且つ中の柔らかいものを守る堅牢さを持っていた。クリスピーと言ったらいいだろうか。三十分以上かけて焼いているらしい。しかもそのパリパリの皮の内側にもちっとした部分が程よく残っているし、ふたつ続けて食べても胃もたれしない軽めの餡がみっちり詰まっている。

ところで自分は、鯛焼きは唇や舌を火傷しそうな熱々の状態で食べるのがベストだと信じて疑わない。ましてや「ひいらぎ」の場合、皮の焼き上げ方が何よりの特徴なのだから、時間をおけば自らが発する湯気でせっかくの皮が湿気ってしまい魅力は半減するだろう。なのにここは持ち帰り専門である。「ひいらぎ」からわが家まで徒歩十五分、微妙な距離だ。そこで考えついたのがたこ公園で食べるというアイディア。この日もいつものように鯛焼きが二個入った袋をぶら下げ公園に向かう。しかし昼休みだったためベンチは満席。さっき、恵比寿駅のホームで立ったままおにぎりをパクつく若い女性を見かけ眉をひそめたばかりだけれど、他に方法がないのだから背に腹はかえられない。歩きながら、ままよと尻尾から食べはじめた。

赤福先輩、相変わらずマジこしてますね！

カレー沢薫

今回のテーマとなる名産は受け取った瞬間わかった。

箱に１４４ｐｔぐらいのフォントサイズで「赤福」と描かれていたからだ。

名産というものは総じて自己主張がキツい。しかし、地域を代表しようという者の声が小さくてどうする。文字を８ｐｔぐらいにして色をグレーにすればオシャレになると思っていそうなクソデザインに鉄槌を下す、これでもかの「赤福」。ぜひ私の大好きな「創英角ポップ体」バージョンも作って欲しい。

ちなみに以前のひつまぶしは私の留守中に届いてしまったが、今回の赤福は夫の留守中に私が受け取った。よってモノが赤福だろうがレアメタルだろうが一人で食うことができる。

ただ、夫はあんこが苦手なため、どちらにしても分け与える必要はない。ままならぬものである。

この「赤福」であるが、銘菓としてはメジャー級だろう。餅をあんこで包んである菓子だ。私も知っているし、食べたこともある。そして好きだ。だが前述の通り、あんこが苦手な人間には嬉しいものではないだろう。

しかし、あんこが苦手な人間にも二種類いる。「あんこよりハンバーグが好き」という人間と、「こしあんなら食べれる」という人間だ。とにかくあの小豆の皮が容赦ならねえ、あれが歯に挟まった日には、糸ようじでリストカットしてしまうというタイプだ。その点で言うと、赤福はこしあんタイプなので安心である。

前置きが長くなったが、ともかく食べてみなければならない。

箱を開けると、ピンクの包装紙に赤字で赤福と書かれたお馴染みのパッケージが現れた。「変わりがなくてなにより」といった風情だ。

しかし、包装紙をはがし箱を開けた時点で私の手は止まった。箱の中にさらに箱が三つあったのだ。

「私の知っている赤福ではない」

私の知っている赤福は、個包装でないのはもちろんのこと、仕切りすらなく、箱全面に赤福が張り巡らされ、ほとんど一つになっている「キング赤福状態」であり、それを皿などに取り分けるか、それすらも面倒くさいなら弁当スタイルで食うしかなかった。

よって赤福は、銘菓としてはメジャー級でも、会社などに「皆様で召し上がってください」と渡す贈答品としては八軍なのだ。取り分ける手間、皿を洗う手間、とにかく事務員のいらん仕事を増やす。世の中には配るべき菓子を一人で着服してしまう者もいるというが、赤福の場合だけは無罪である。

よって箱から箱が出てきたとき、もしかしてこれは赤福ではなく信玄餅なのでは、と思ったし、箱から箱が永遠に出てくる可能性も考えた。だが、その箱からはちゃんと赤福が二つ出てきたし、さらに底が紙トレー状になっており、皿に分ける必要もないのだ。

だがもちろん赤福自体は変わらない。これで「あんこの代わりにガナッシュチョコで餅をくるみました」とかになっていたら誰も買わないし、そんなものは8ptグレーフォントの「AKAFUKU」であり、赤福ではない。

変えるべきところは変え、変わらないところは変わらない、さすが御年三百歳の赤福先輩である。

私はその赤福先輩に今回数年ぶりに会ったのだが、一目見て「こしてるな」と思った。私の後輩力が高かったら「パイセン相変わらずマジこしてますね！」と言うところだ。

前述の通り赤福はこしあんなのだが、そのこしっぷりが変態レベルなのである。何がそこまでさせるのかというぐらいこしており、餅が透けて見えるんじゃないかと思う。そのぐらいあんこが艶やかなのである。

餅をあんこで包むという逆転の発想スタイルはおはぎと同じであるが、同じスタイルでもおはぎはあまり得意ではない。あんこがつぶあんなのは良いが、中身の粒が残った状態のもち米が気になるのだ。

よく考えたら赤福先輩は、おはぎに対し「粒が粒が」とガタガタ抜かす連中を「ここまでやれば文句ないだろう」と黙らせる存在な気もする。


だが気になるのは、赤福がこの個包装版を出し始めたのはいつなのだろう。もしかしたら結構前からこうなっていたのだろうか。それ以前に「最初からこうだった」恐れもある。だとしたら今まで私が買ってきた赤福はなんだったんだろうか。

「ゴリラ用」だったのかもしれない。

Ⅲ　菓子はノスタルジイ

前年に亡くなった夫・大橋恭彦との「金婚式」で、ケーキのろうそくの火を吹き消す沢村貞子。
左は最期を看取った秘書の山崎洋子。一九九五年

甘いもの

増谷和子

小学校から戻って家の引き戸を開けると、プーンとチョコレートの甘い匂いが漂ってきました。居間の掘り炬燵にすわって父〔編集部注　植田正治〕が飲んでいたのはハーシーココアでした。

「おかあちゃん、わたしもおとうちゃんと同じのが飲みたい」

いつだって父は先頭切って、新しい、おいしいものを試すのです。

体質的にお酒を飲めない父のささやかなお慰みは、若い頃から亡くなるまで、甘いものを口にすることでした。

七十代になっても大きなケーキをぺろりとたいらげるくらいの甘党で、どちらかというと洋菓子を好んでいましたが、八十を過ぎて脳梗塞を患ってからは、和菓子を口にすることが多くなりました。講演や展覧会の審査でお声がかかると、その土地のお菓子をお土産に買うのをたのしみにしていました。福岡へ行けば〝梅が枝餅〟〝鶏卵素麵、唐津では〝松露饅頭〟、岡山では〝大手饅頭〟。鳥取砂丘へ撮影に出かけると、小麦粉に卵と砂糖をたっぷり混ぜた〝城北たまだ屋のたまごせんべい〟を買って帰りました。

いつだったか、林忠彦賞の授賞式に参加する父を車に乗せて山口県の徳山（現・周南市）まで出かけたときのことです。

「おっ、竹屋饅頭、買おうよ」

途中の広島で竹屋饅頭の看板を見つけた父の声ははずんでいました。

「帰りにね」と約束したのに、帰り道、父が眠っているあいだにわたしは道を間違えてしまいました。父は目覚めると、「いまどこだ、竹屋饅頭買おうじゃないか」とさっそく言ってきます。しかたなく白状した途端にむくれてしまいました。黙ってそのまま走っていると、岡山から鳥取に差しかかり、最上稲荷《さいじょう》の鳥居が見えてきました。最上稲荷は祖母がいつもお参りしていた神社。

「おっ、最上さんか」

「途中、蒜山《ひるぜん》を通るから、アイスクリームを食べようか」

そう提案すると、父の機嫌はころりと直ったのです。

「何かないか、甘いもの、何かないか」

一緒に暮らした最後の五年間、父はそう言いながらしょっちゅうテーブルにやってくるので、ちょこっとつまめる甘いものを用意するようになりました。父が気に入っていたのは、〝二人静〟という口どけのいい干菓子。薬指の先ほどの大きさの、白と桃色の半円球の和三盆が薄紙に包まれています。柚子やオレンジの皮でピールもよく手づくりしてガラスの器に入れておきました。ひょいとつまんで口に含むと満足して、ネガ選びや原稿書きに戻っていくのです。

いちばん好きだったのは、松江にある風月堂の琥珀糖と羊羹。夏のあいだだけつくられる琥珀糖は、透明な黄金色の寒天菓子。光が当たるときらめいてみほれるほどの上品さです。羊羹は白小豆を煮て、うっすら紅色に染めたもの。とても繊細な色をしています。昔ながらの手法ですこしずつ丁寧につくられる羊羹を、父は「どんな名店のもこれには勝てない、ここのが日本一」と言っていました。味もさることながら、父がほんとうに気に入っていたのは、その色の美しさだったと思います。父は、色に惹かれて食べる人だったからです。

増谷和子

カステーラ・ノスタルジア

江戸川乱歩

私は幼少年時代を名古屋市の中心地区で暮らしたが、明治末期のそのころは一般に家庭生活が質素で、卵菓子や卵料理は時たましか口にはいらなかった。幼年時、はじめて到着の長崎カステーラをたべたときには、世の中にこんなうまいものがあるかしらと思った。

私は卵のはいったものは何でも好きで、料理の方でいえば、茶碗蒸し、親子丼、オムレツ、卵焼き、卵豆腐、柳川鍋、ゆで卵にいたるまで、子供のころは勿論、今でも大好物である。おとなのくせに卵焼きが好きだといって笑われるが、好きなものは仕方がない。

カステーラについていうと、今ではショート・ケーキにカステーラふうのものが多く使われているので、珍らしくなくなったが、やはり純粋の箱一杯につまった長崎カステーラが最上である。カステーラにもいろいろあるが、カサカサしないで、シットリと落ちついた口触りのものがすぐれていることは言うまでもない。西洋菓子のうちでも、カステーラだけは特別に伝来が古いせいか、金平糖などとともに、日本固有の菓子のような気がしている。したがって、コーヒーや紅茶でなくても、煎茶でたべるのにも適しているし、抹茶にもいいかもしれない。私はほかの卵料理とともに、カステーラにノスタルジアを持っている。

甘党

杉山龍丸

杉山家のものは私の知る限り甘党です。

杉山三郎平灌園〔編集部注・筆者の曾祖父／夢野久作祖父〕は、敬止塾時代から、机の傍に、金平糖と、煎餅が無いと、機嫌が悪かったと申されています。

茂丸〔祖父〕も、あまり酒は飲まず、せいぜい、甘いワインを飲む程度であったそうです。

夢野久作は、甘党も甘党、大甘党で、汁粉、ぜんざい、ボタ餅等は、大鍋に作っても、一人で食べてしまう程でした。〔中略〕

茂丸が病気ということになりますと、東京の杉山家には、台華社のかつての若者達が、集まりました。

三十歳から四十歳代の壮年期の人々でしたが、昔のように集まりますと、皆甘党になって、お菓子を買って、トランプやその他で興ずることになりました。

或るとき、皆でお金を出しあい、お菓子を買って、トランプ大会を開き、勝ったものが食べることになりました。

しかし、夢野久作は、福岡でトランプをする機会がありませんので、どうしても勝てません。見る見るうちに、大半のお菓子は、妹達や、東京にいる連中に食べられてしまいました。

彼は、一生懸命になっても勝てません。

青筋立てて、むきになればなる程、勝てず、大好物の菓子は食われてしまいます。

もう菓子も残り少なくなってしまいました。

彼は、負ける度に、菓子を食われ、妹や皆からひやかされても、どうしても勝てません。

ついに、たまらなくなった彼は、たもとに入れていたリンカケ豆をとり出して、食べ始めました。

それをめざとく見つけた、妹の瑞枝が、

「あら、兄さん、ずるいわよ。負けたものは、お菓子を食べてならぬ約束でしたでしょうが。ここに、出しなさいよ。」

と、いいますと、彼は、

「お、お、おれが、おれの銭で、買って来たものを、この、お、おれが食うて、何でわるい。こ、この豆は、俺が買うて来たとぞっ。」

と、涙ぐんで怒ったので、皆で大笑いになりました。

今川焼とお輝ちゃん

沢村貞子

女学校四年の冬、ひるすぎから降り出した雨がみぞれにかわり、刺すような冷たさが肌にしみる夜だった。

そのころ私は、放課後、吉原のある引手茶屋へ家庭教師として通っていた。そこの息子の中学受験準備のためだった。だが少年の勉強はいっこうにはかどらなかった。

この子の部屋は裏二階にあった。いちばん不得手な算術に、なんとか興味を持たせようとして、私は一生懸命だった。もうそんな日が三週間もくりかえされていた。

場所がら、賑やかな三味線や太鼓のさざめきが表座敷からきこえてくる。と、トタンに少年の眼はかがやき、握っていた鉛筆を机の上に立てて、上手にそのリズムにあわせて拍子をとりはじめる。そうなったらもう、あとは何を教えてもうわの空。私はその晩も、うんざりしていた。

その店は当時、歌舞伎の若女形をしていた兄のごひいき筋で、義理もあり、月謝ばかりたくさんもらっていても、この子がもし中学へはいれなければ申し訳ない、もうこのへんで断ってしまおうかしら、と、毎日のように思いなやんでいた。こうなると、十七才の女学生先生は、どうしていいかわからなくて、ただ責任を感じるばかりだった。

その日は、とうとう、十時近くまで教えて、裏口を出た。ぬかるみをよけながら歩く足駄が重かった。古い蛇の目傘をたたくみぞれの音が妙にわびしい。二、三日前からの風邪気もあった。綿入れの羽織を着ているのに、肩先から寒さが身にしみた。毛糸のショールをかけなおして竜泉寺を通り、馬道の角を曲った。

そのとき、目の前の今川焼屋の腰高障子がガラリとあいて、

「じゃ、またね――おやすみ」

聞きおぼえのある、歯切れのいい高い声がきこえた。

「ああ、お輝ちゃん」

一瞬びっくりしたように闇をすかして、お輝ちゃんは私の傘のなかへとびこんで来た。

「どこへ行ったのよ、こんなにおそく、しけた顔して」

お輝ちゃんは私より一つ年上の長唄のおともだち。三味線のすじがよくて、いずれはお師匠さんになるために、せっせとお稽古にはげんでいた。私が女学校へはいってからは、めったに

逢うこともなかったけれど、小学校のころには、おみき徳利と言われた仲よしだった。

今夜も、おそくまでお稽古していた長唄仲間のあみだくじで、今川焼を買いに来たお輝ちゃんは、しょぼくれていたその晩の私の表情を、見のがさなかったらしい。

お輝ちゃんのふところから、焼きたての今川焼のおいしそうなにおいがした。それにさそわれるように、私も買ってかえる気になった。

焼きあがるあいだ、お輝ちゃんはしきりに、屈託している私のことを心配してくれた。三味線好きの少年の勉強がちっともはかどらないで途方にくれている、という話をきいて、お輝ちゃんは、持ち前の景気のいい笑い声を立てた。

「いいじゃないの、中学なんか落っこちたって。お貞ちゃんの責任じゃないわよ。その子、きっと勉強なんかより三味線のほうが好きなのよ――私みたいに……。だったらお師匠さんになりゃいいのよ。ね、そうでしょう、誰も彼も、むやみに中学へ行かなきゃならないなんて変よ。お貞ちゃんは、お稽古ごとより学校の方が好きなんだから、仕方がないけどさ……」

お輝ちゃんになぐさめられて、肩が軽くなったような気がした。

お正月にまたゆっくり逢う約束をして別れた。猿若町の方へあるきだすと、みぞれは雪に変っていた。

やきたての今川焼の包みが、ふところの中で、ほかほかとあたたかかった。お輝ちゃんはいつのまにか、ずっと、私より大人になってる、とおもった。

その月いっぱいで、やっぱり、引手茶屋の家庭教師はやめさせてもらった。

それから四十何年、その少年はいま、立派な長唄のお師匠さんになっている。お輝ちゃんはどうしているかしら。その後、噂をきかない。

今でも、今川焼の店の前を通ったりすると、ふと、逢いたいなと思う。

甘い話

岸田國士

僕は子供の時分、どんな菓子が好物だったか、今思い出そうとしても思い出せないが、生れてから十年近くを過した四ツ谷塩町附近に、松風堂という菓子屋のあったことを覚えているのは不思議である。

その頃写した写真に、巻煎餅をしっかり握りしめている写真がある。

おやじがはじめて、モルトンという西洋風の菓子を買って帰って来た。その後、近所の遊び友達も同じモルトンをしゃぶっているのを発見したが、彼等はそれをドロップと呼んでいた。なぜ自分のだけがモルトンであるかは、永久にわからなかった。

十七八の頃、自分の小遣で菓子を買うようになって、僕は、しきりにマシマロを買った。今から考えると、あの粉をふいた五色の肌こそは、ほのかな香りと、滑らかな弾力とを忍ばせて、怪しくも青春第一歩のノスタルヂイを感ぜしめたものに違いない。

仏蘭西で食べた菓子のうちで、僕がもっと食べたいと思うのは、ブリオシュとババ・オオ・ロムと、それからマロン・グラアセである。

ブリオシュは、カステラとパンの混血児《あいのこ》みたいな菓子だが、舌ざわりは天下一品である。マロン・グラアセは栗の砂糖漬で、日本の甘納豆に当るだろう。元来、栗はシャアテエニュというのだが、料理や菓子に使われる時に限ってマロン即ち「マロニエの実」を云うらしい。マロニエの実は、ドングリの如く普通食べないものとなっている。

序に、日本でシュウ・クリイムと呼んでいる菓子は、英国へ行っても仏蘭西へ行ってもその名前では通用しない。英吉利でシュウ・クリイムを持って来いと云ったら、靴墨を持って来たという落噺もできているくらいだ。僕の判断では、この名前は恐らく仏蘭西のシュウ・ア・ラ・クレエムから来ているのだろうと思う。シュウは玉菜のことだ。キャベヂの形をしているという意味だ。英語のクリイムは仏蘭西語でクレエム、前置詞と冠詞は日本流に省いて、シュウ・クリイムという新しい言葉ができたわけである。

日本では甘党辛党などと称し、酒好きと菓子好きとを対立させているが、これはどうも理屈に合わぬらしい。ババ・オオ・ロムの如く、酒入りの菓子があることはその不合理を証明している。

＊

最近僕の義弟Y砲兵少佐が、三年間の巴里駐在を終えて帰って来た。数々の土産物を取巻いて、われわれはいろいろな土産話を聴いた。その中で僕をふと微笑ました話――

Yは愈々帰朝の内命を受けてぼつぼつ旅の仕度に取りかかった。下宿の人達は、彼が毎日鞄の蓋を開けたり閉めたりしているのを見ていた。ある日その下宿の女中は、洗濯物を持って来た序に、こんなことを云い出した。

――コンマンダン！　鞄には、まだ容れる場所がありますの？

――うむ。あると云えばあるし、ないと云えばない。

――出来れば、ひと処空けておいて下さいましね。あたくしから、お国のお子様たちにお土産を差上げたいのですから……。

Yは、それから数ヶ月間、毎日のように、この女中から、鞄の隅にまだ空きがあるかを尋ねられた。

さて、明日は巴里を発つという日である。その女中は、片手に恭々しくボンボンの小函を捧げてYの部屋を訪れた。

――コンマンダン、これを入れて下さる場所がございましょうか……。

Yは握り拳で鞄の隅を押しつけた。しかし、あんまり強く押すわけに行かなかった。そんな函なら幾つでもはいりそうだったから……。

岸田國士

父のせつないたい焼き

吉本隆明

その晩は、ただならぬ雰囲気に、狭い我が家は包まれていた。

兄と姉は叔母さんの家に遊びに行って、まだ戻っていないと父が言う。そして珍しく父のほうから、西仲通りの夜店街に連れていくと言う。いつもは子供の私がせがまないと、夜店歩きなど連れていってはくれない。

父親と私が出かけてしまうと、おじいさんとおばあさんしか留守居はいない。母は二、三日前から大儀そうに寝たり起きたりで、布団は敷きっぱなしになっていた。

微妙にうわずった空気があった。四歳か五歳だった私には、これが何のことなのか判らなかった。

その中で、普段といちばん違うように思えたのは、父の振る舞いだった。いつもなら子供だけで夜店めぐりなどして帰ると叱られるのに、父が夜になってから私だけ誘うのはおかしい。

兄や姉が叔母さんのところに行って帰ってこないのも、おかしいといえばおかしい。

さもあらば、父は月島西仲通りの二丁目あたりに出ている夜店のたい焼き屋で、紙袋いっぱいにたい焼きを買い、着物のふところに入れ、子供の私と先を争うように、三丁目の終わりまで歩き廻って食べた。

こんなに愉しい「買い食い」の想い出はなかった。

翌日になってはじめて、弟が誕生した夜であったことを聞かされて、私は父親の振る舞いと、家中の雰囲気が、幼いなりに少しだけ判るような気がした。

その頃は、まだ下町の普通の家では産婆さんがやってきて、自宅分娩であった。邪魔な男たちはそわそわしながら、父のように夜店歩きをしながらたい焼きを食べたり、子供たちは兄や姉のように親類におあずけの身になったりしたのは、我が家だけではなく、どの家でも似たようなものだったと想像できる。

父のその夜の照れくさいような、どこか嬉しいような、高ぶったような振る舞いと、たい焼き食べ放題の味が、実感として判ったのははるか後年になってからである。

高村光太郎の『智恵子抄』に、光太郎がふところに入れて帰るたい焼きがつぶれておさまっている描写があるが、たい焼きという食べ物は妙に男のせつなさを象徴するような気がしてならない。男のせつなさと言うよりは、父親のせつなさと言ったほうがいいのかもしれない。

「自然よ　父よ　僕を一人立ちさせた広大な父よ」という詩は、愛誦するには高度すぎる気がするが、「ふところの鯛焼はまだほのかに熱い、つぶれる」という詩は、いかにも下町生まれの光太郎のように思える。

そして、尾びれのところまで「あん」の入ったたい焼きはいまでもおいしい。

吉本隆明

小さな白い鳩

立原えりか

小さな女の子だった頃、よく遊びに行った家があります。古風な門のある家で、住んでいるのは、いつもきちんと着物を着ているおばあさんでした。

私はいつも、千代紙を入れた箱を持って行きました。「ごめんください」と入って行くと、おばあさんは「どうぞ」と笑って、えんがわに座布団をしいてくれます。私はそこに座って、風船の折り方や姉さま人形の作り方を教わったものでした。

「いいものがあるから、お茶にしましょう」

枯れた花のようなにおいを漂わせて立って行くと、おばあさんはお茶とお菓子を運んできてくれます。顔が入ってしまうほど大きな、黒い茶碗に入っている抹茶は苦くて、好きになれませんでしたが、お菓子の方は、いいものがあるといわれただけでうれしくなってしまうほどでした。

白い鳩の形をしたお菓子は、赤や紫やみどりの、折り紙の上にのせてありました。食べてしまうのがおしいくらいに愛らしい形の小さな鳩は、こうばしくて甘く、口の中で優しい砂のようにとけて行ったものです。

折り紙の上にのっている小さな白い鳩は、きまって三羽でした。

「お父さんとお母さんと子どもの鳩なの」

おばあさんは言いました。

「ほら、お父さんの鳩を食べた」

ひとつを口にふくんでつぶやき、ふたつめをのみこんで、おばあさんはまたくちずさみます。

「ほら、子どもの鳩を食べた。さいごに残ったのが、お母さんのわたし」

言いながら、おばあさんは三つめの鳩を食べて、ささやかなティータイムが終るのでした。

妹が送ってくるという、小さな白い鳩のお菓子は、おばあさんにとって、貴重なものだったのでしょう。ささやかな楽しみだったのかもしれません。が、たった五つで、よくばりだった私は、心の中で考えました。

「子どもが、もっとたくさんいればよかったのに。うちなら、弟と妹がいるから、子どもは三人、お菓子は五つになる…」

おばあさんのつれあいだった人は亡くなっていて、たったひとりの息子は軍隊に入っていいました。

やわらかい陽ざしがあふれているえんがわで、「お父さんを食べた」とつぶやきながら、おばあさんは、家族が寄りそって暮らしていた日々のことを、思いだしていたのかもしれません。世の中についても、大人についても、何ひとつわからなかった私は、おばあさんのまねをして、鳩をつまみました。「お父さんの鳩を食べた。お母さんの鳩を食べた。そしてわたしの鳩も食べてしまった」

おばあさんは私を見つめてほほえみ、どこかの家から、レコードの軍歌がひびいていました。

それから二十年近く、私は小さな白い鳩のお菓子を忘れていました。とっくに幼い女の子ではなくなり、娘でもなくなった私のところへ、ともだちがやってきたのは、秋のおわりのことです。

「かわいいから、あなたの気に入るのではないかと思って」

言いながら、ともだちは「小鳩豆楽」と書いてある缶をさしだしました。

ひらいてみてしばらくのあいだ、何も言えませんでした。丸い缶の中には、ぎっしりと、小さな白い鳩がつめこまれていたのです。

「これ、おばあさんの鳩だわ」

ひとつつまんで口にふくむと、無邪気な時代がよみがえりました。

「おいしい?」

ともだちはたずね、私は言いました。

「ええ、おいしい。でもこの鳩、こんなに小さかったのかしら」

「小さいから、いいんじゃないかしら。これが大きかったら、嚙みくだかなければならないでしょ? ひとくちで食べられるから、鳩を食べてしまったとは思わずにすむ。わたしはあまり好きではないのよ、生きものの形をしているお菓子」

「あら、わたしはこの鳩が好きよ。ずっと前から好きだった」

「まあ、知ってたの? 食べたことがないかと思っていたのに」

なぜ三つしか食べないの? ふとるからなの? ときくともだちに、遠い日に一緒だった、おばあさんのことを話しました。

「お父さんの鳩を食べて、子どもの鳩を食べて、さいごに残ったのがわたし…」

ともだちも私も、愛するものをなくした女の想いをはかることのできるとしになっていました。

「さいごに残るなんていやだ、さびしいもの。お父さんとお母さんとわたし、いつも三人はいっしょなの」

私にとっての小さい白い鳩のいわれをきいたうちの娘は、お菓子を三つ、いちどにつまんで食べてしまいました。

図書室とコッペパン

小川洋子

「子供の頃、どんな本を読んでいましたか」

と、インタビューの時しばしば質問される。結局『ファーブル昆虫記』、『アンネの日記』、『あしながおじさん』、『家なき子』、『秘密の花園』、『若草物語』……などと、さして目新しくもない本のタイトルを挙げることになるのだが、何度同じ質問をされても、決してうんざりなどしない。子供時代の読書の思い出を語りだせば、私はいつでも幸福な気持になれる。話しているうちに、すっかり忘れていたはずの風景が次々とよみがえり、平凡な思い出がどんどん色鮮やかに、立体的になってくる。

遠い昔、岡山の小さな町で、真っ黒に日焼けした天然パーマの痩せっぽちの少女が、一冊の本を広げている。学校の図書室で借りたのか、移動図書館のバスの本棚で見つけたのか、あるいは隣に住む従兄に貸してもらったのか。もはやその本が元々誰の持ち物かなど、少女にはどうでもいい問題になっている。自分の手の中にあるかぎり、自分がページをめくっているかぎり、それは自分だけのために書かれた本だと信じている。将来、その本について繰り返し質問されるような事態になろうとは、想像もしていない。

私が通ったのは、当時既に創立百周年を迎えていた古い小学校で、校舎はすべて木造。正門を入るとすぐ薄暗い渡り廊下が続き、右手には給食室と職員室、左手にはお手洗いと巨大な枇杷の木があり、突き当りの校舎を三階まで上ると、そこに図書室があった。

今の小学校では、読書の習慣を身に付けさせるために、朝十分間本を読ませたり、わざわざ〝図書の時間〟を設けたりしているようだが、当時はそんな親切なプログラムなどなく、はっきり言って図書室の先生が学校中で一番暇そうな大人に見えた。いや、もちろん司書の先生にも大変なお仕事がたくさんあったのだろうが、放課後、私が図書室の扉を開けると、たいていカウンターの内側にひっそりと腰を下ろしていた。何か作業にいそしんでいるという印象はほとんどない。カウンターに本を持ってゆくと、貸出カードに素っ気なく、ポンとハンコを押した。余計なお喋りはせず、気の利いたアドバイスもなく、ただ無言で貸し出しの許可を与えるだけだった。

だから思い出の中にある学校の図書室は、いつも静けさに包まれている。他にもいたはずの生徒たちの姿は消え、先生と私、二人だけになっている。

偉人の伝記、動物の図鑑百科、シャーロック・ホームズやルパンの推理もの、とお気に入りの本の種類は周期的に変化した。一冊好きになるとそのシリーズは全部読んでみなければ気がすまず、借りる本がなくなるとまた新たなジャンルに挑戦するという調子だった。少し困ったのは、単行本と文庫の中間くらいの大きさで、可愛らしいイラストが表紙に載った、少年少女向けのシリーズに夢中になった時だった。それだけはなぜか、カウンターのすぐ脇にある、くるくる回転する特別な本棚に置かれていて、本を選ぶ姿を先生にそのまま見られてしまうからだった。本を読んでいるところを人に見られるのは何でもないが、選んでいる姿を見られるのはどことなく恥ずかしかった。

本棚は回すとギシギシ耳障りな音を立てた。そのたびにびくっとして先生の方をうかがった。しかし先生は、こちらが気にするほど私の本の選択に興味はない様子だった。膝の上に本を開き、黙って大人の本を読んでいた。結局私はそのギシギシと鳴る本棚で、メアリー・ポピンズや長くつしたのピッピと出会うことになる。

何年生の時だったか、ストーブが燃えていたので冬の出来事であるのは間違いないのだが、放課後、いつものように図書室にいると、先生がストーブの前に椅子を置き、ポケットからコッペパンを取り出した。

「よかったら、あなたもいらっしゃい」

先生がそんなふうに親しく口をきいてくれるのは初めてだった。私は素直に従った。

「給食の余ったパン、こっそりもらっとくの。本を読むと、お腹すくもんねえ」

先生はコッペパンを半分に割り、ストーブの上に載せた。ほどなく香ばしい匂いがただよってきた。これも給食の余りであるらしいマーガリンの銀紙を広げ、大胆にパンになすりつけ、「はい」と言って私に手渡した。

毎日給食でうんざりするくらい食べているはずのコッペパンが、あの時はなぜあんなに美味しかったのだろう。他の人には言えない、二人だけの秘密を共有しているような親密な時間。ポロポロとこぼれ落ちるパン屑。蒸気を噴き出す薬缶。そして、先生の膝にも、私の膝にも、読みかけの本。

あの時、無口な先生が読んでいた本は何だったのだろう。今ではもう、確かめる術《すべ》はない。けれどインタビューで子供時代の読書について聞かれるたび、先生を思い出す。そこに本があるならば、私の出番などありません。子供たちは自分一人で、自分のための本をちゃんと選べます。とでもいうかのように、黙ってカウンターの向こう側に座っていた先生の姿が、コッペパンの焼ける匂いとともによみがえってくる。

忘れられない味Ⅱ

森絵都

ルバーブ、という欧米の多年草をご存じでしょうか。

見た目は赤みがかったセロリのようなもの。近頃では大手スーパーマーケットの野菜売場でも見かけることがある。

けれどもこれは、私に言わせれば野菜ではなくて、フルーツだ。というのも、もともとルバーブはデザートに用いられる食材だから。

私がそのデザートを初めて知ったのは、英国のオクスフォードでホームステイをしていたときだった。滞在家庭の奥さんは料理への関心が薄く、食卓に上るのは冷凍食品ばかりだったけれど、このルバーブデザートだけは彼女のお手製で、私は最初の一口でその味のとりこになってしまった。

作り方は至って簡単。まずはルバーブ（二本）を五センチ大にカットし、厚めの輪切りにしたバナナ（二〜三本）とともに鍋に入れ、ひたひたの水に浸す。そこに砂糖を一・五カップほど加えて中火にかける。ルバーブの繊維がほろっと崩れて柔らかくなったら火を止め、冷蔵庫で冷やす。それをシロップごと小鉢に分けてバニラアイスクリームを載せれば、できあがり。たっぷりの砂糖。バナナ。アイスクリーム。なんともねっとりと甘そうなトリオだが、ルバーブにたちうちするにはこれくらいのスウィートパワーが必要なのだ。

というのもこのルバーブ、見かけによらずものすごーく、すっぱい。甘いものがあまり得意でない私は、一度、このルバーブデザートを作る際、砂糖の量を控えてみた。結果、できあがった代物のすっぱさに飛びあがりそうになった。毛穴がぱっかり開いてしまうようなすっぱさ。あっ、とうめいて小指がつんとしてしまう感じだ。

しかし、このものすごーくすっぱいルバーブと、ものすごーく甘い砂糖やバナナを一緒に煮て、最後にとろりとすべてを包みこむバニラを載せると、これがもう「え、なにこれなにこれ」ときょときょとしてしまうほど美味しいのだ。「甘さ」と「すっぱさ」と「まろやかバニラ」が融合するわけではなく、一口ごとにとてもすっぱかったり、甘かったり、とろりとバニラだったりする。その、自分を曲げない三者の競演がすばらしい。

先日、友達が遊びにきた際、久しぶりにこのデザートを作ってみたところ、彼女はルバーブをこう評した。

「これは、フルーツ界のふかひれだ！」

ね、美味しそうでしょう？

ちなみに、アイルランド出身の知人はルバーブデザートに木の実も入れるそうなので、このレシピには日本の雑煮のように微妙な地域差があるようです。

さて、行数が余ったからというわけではないけれど、今回、またも友人知人にアンケートを採ってみた。

あなたが海外で出会った忘れられない味はなんですか？

回答は以下の通り。


『南仏の古城ホテルでのコースディナー』

『モスクワの空港ホテルで食べたバニラアイスクリーム』

『メキシコのイクスランの山麓《さんろく》で毎朝食べていたパンとチーズとショコラテ』

『タイの果物（釈迦頭《しやかとう》、ランブータン、マンゴスチン）』

『ニューヨークのしがないスーパーで六十円くらいで売っていたエッグベーグル』

『パリのお惣菜屋《そうざいや》で買った肉団子が二つと大根のピクルスが入ったクレープ包み』

『アムステルダムで買った自動販売機のコロッケ』

『ブリュッセルのムール貝』
『ハンブルクの屋台で買った三十センチ近くもある焼きたてジューシィなソーセージを小さい丸いパンにはさんだもの』
『アテネで飲んだ「ウゾ」という酒』
『バルセロナで食べたじゃがいもたっぷりのスパニッシュオムレツ』
『香港のアヒルのスープ』
『香港の杏仁《あんにん》豆腐』
『ギリシアのなます』
『イギリスのマン島で食べたカップラーメンとスコッチエッグ』
『グアムで食べた真んなかが生肉のハンバーガー』
『タイのヌードル（味がサッポロ一番塩ラーメンそのものだった）』
『ニューヨークのレストランでチーズときのこのリゾットを注文したら、なぜだか皿にてんこもりの臓物料理が現れた』

以上。世界にはこんなにも美味しそうなものや不思議なものが多々あるのか、と感心する反面、みんなあんまり高級そうなものは食べてないな、と妙な安堵感をおぼえる結果となりました。

焼きいもと焼き栗

ウー・ウェン

秋が終わりに近づき、街路樹の葉がすっかり落ちると、冬はかけ足で近づいてきます。露出した肌や手の冷たさに気づくと、あたりはもう冬。そんな冬の気配は、街のなかに漂う焼きいものこげたにおいからも感じます。みんな、そのこげたにおいをたよりに、焼きいも屋さんを探します。自転車にドラム缶を乗せた車をつなぎ、木炭で焼きながら売る昔ながらのスタイル。どんどん近代化していく北京でも、変わってほしくない情景です。

私は子どものころからの焼きいも好き。大人になってからも仕事の帰りに一本買って、母が作ってくれたおかゆに入れ、お気に入りのテープをききながらかき混ぜて食べると、夜道の寒さと疲れがとんでいったのもなつかしい思い出です。いまでも焼きいも屋さんを街で見かけると、昔の自分にもどり、しばしノスタルジックな気分に浸ってしまいます。

ですから、北京に帰るたびににおいを求めて、子どもたちといっしょに街に出ます。子どもたちも焼きいものにおいを探す嗅覚が確実に成長し、いまでは私より先に見つけるくらいです。飛行機に乗るたびに「焼きいもが食べられるね」とうれしそう。

まるで北京に焼きいもを食べに帰るようなものです。

北京のさつまいもは日本のさつまいもより水分が多く、甘みも強い。種類名はわかりませんが、オレンジがかった黄色で、やわらかくて水分が多くて、見るからにおいしそう、と、こう書くと日本のさつまいもホクホク派から異論が出るかもしれません。

そうなのです。日本のさつまいもはホクホクしているのがおいしいといわれていますが、中国ではホクホクいもはあまり見かけません。中国へ行った方ならわかると思いますが、中国ではいわゆるコシの強い麺に出会いませんよね。それと同じで、中国と日本では食感が違うものが、じつはかなりあります。

中国のおいしい食感はやわらかいもの、なめらかなものをよしとする傾向があるのに対して、日本ではコリコリした固いものを好むように思います。この理由は、これはあくまでも私の想像ですが、中国のおいしい食感は、調理をして、よく火が通ってやわらかくなったものであるのに対し、日本では、お刺身の引きしまった固さにあるのではないか、と思われます。

でも、これは中国と日本の違いと、いちがいには決めつけられません。なぜなら、私はお刺身のトロのやわらかいところよりは、白身のコリコリしたほうが断然好き。同じように日本の人でも、ホクホクした焼きいもよりは、北京のジュルジュルした焼きいものほうが好き、という方もきっといると思います。

焼きいもから話は、思わぬ展開をしてしまいました。でも、北京のあのやわらかくて甘い焼きいもは、日本の人にもぜひ好きになってほしい。ちなみにわが家では夫はホクホク派、私と娘はジュルジュル派、息子はどちらでもいい派です。

焼きいもの話をしたからには、焼き栗の話もしないといけませんね。

中国の焼き栗というと日本では天津甘栗が有名ですが、天津あたりは別に栗の産地ではありません。天津は港町で北京とは一二〇キロほど離れています。北京の郊外は栗の産地ですから、昔、そのあたりでとれた栗を天津港から出荷したので、天津甘栗の名がついたのではないか、という説がいまのところ有力です。

焼き栗には、小粒で殻をむくのは面倒だけどそのぶん、甘いのと、大粒で食べやすいけど甘みでは小粒にゆずるものとの、二種類があります。私はもちろん小粒派。

また近ごろ、東京では皮をむいた甘栗が真空パックされて、コンビニの人気商品になっているとか。たしかにだれかがむいてくれた甘栗を食べる気分は、とても幸せなもの。でもその幸せをお金で買うとなると……。そんなことを考えるのは、私がもうおばさんだからかもしれませんね。

でもね、焼きたての栗をコートのポケットに入れて歩くと、ホカホカして、とても温かくてよかったんです。まるでカイロみたいで。やっぱりおばさんかあ。

ウー・ウェン

サクマドロップスとポッキー

伊藤まさこ

私にとって気楽なもののおやつの代表は飴ではないかしら。バッグにはたいていいつもサクマドロップスの缶をしのばせて、お腹が空いた時に、ごそごそとドロップを取り出し、ぱくり。ほっぺたの片方にしまうように閉じ込めて、じっくりゆっくり味わいます。

この方法を編み出した（というほどたいしたことではないのですが）のは小学生の頃。遠足だったか、社会科見学だったかに行く途中のバスの中。友だちみんなでひとつの飴をどれだけ長く舐めていられるか競争をした時のことでした。

我慢に耐えきれず、がりがりかじってしまう子、うっかり飲み込んでしまう子など、飴の舐め方も子どもによっていろいろでした。

私はいろいろ考えた末のほっぺた閉じ込め作戦。

結果は？　もちろん優勝です。だって、あんまり舐めていないのですからね。

これも楽しい思い出のひとつに違いないのですが、じつは私は遠足をずる休みして、前日に友だちと買いに行ったおやつをベッドにもぐりこみながらひとりこっそり食べるのが好きな子どもでした。「お菓子は五百円以内」という遠足のしおりの決まりにのっとって、律儀に「えーと、これは五十円でこっちが七十円だから……あと百八十円か！」などと計算しながら、けれどもその時はウキウキしながら買いものをしているのにもかかわらず、なぜだか当日、遠足に行きたくなくなってしまうのです。

子ども時代の自分の気持ちは、もはやその時の私にしか分からない過去の記憶になっていますが、ただひとつ言えるのは、無理強いせずに遠足を休ませてくれた、母の大らかさに助けられた、ということです。

サクマドロップスのほかに、もうひとつ忘れてはならないのが、グリコのポッキーです。これも遠足のおやつに欠かせないものでした。じつは今でも仕事でどこかに行くときは、ポッキーを鞄の中に潜ませています。特に新幹線にはポッキーがつきもので、席に座るなりあの赤い箱を取り出して、ポリポリ。

子どもの頃から食べているのだから……とざっと計算しても、四十年以上のおつきあい!? 移り変わりの激しいお菓子業界の中でそんなに永く愛されているお菓子ってそうそうないのではないでしょうか。ポッキーにはいくつか種類がありますが、私の好みはスタンダードなもの。

新幹線に乗り込む前に、駅の売店などで買うのですが、ほかのお菓子に目移りすることはまずありません。

サクマドロップスもポッキーも、記憶をたどれば遠足をずる休みしてベッドの中で食べた、懐かしさいっぱいの味。

今となっては、さすがに、ベッドの中で味わうことはなくなりましたけれど。

伊藤まさこ

「うまい棒」にも若ぶる私

伊藤理佐

「あれ、こんばんは！」。声がして、親子三人で振り返ると、駅からずっとうしろを歩いていた男の人は、ご近所のOさんだった。息子ちゃんがうちの娘と同じ四歳で、今、幼稚園は違うけど、小学校は学区が一緒ですよね、なんてあいさつしたりする近所のパパさんだ。「仕事帰りなんです」「あらら土曜日なのに大変ですね。うちなんか遊んだついでにラーメン食べてきちゃって、わはは」などと立ち話する夜八時ごろ。「いや～、実はこんなの見つけちゃって！」。よく見るとうれしそうな顔してるOさんが、ガサガサとお買いものしたてっぽいレジ袋からジャジャーン！　という感じで出したのはお菓子だった。

「プレミアムうまい棒」と書いてある。十本入り……？　並んでキラキラ、大袋に入っている。「あっ、うまい棒！」と、わたしもうれしそうに言った。「いつもの味じゃなくて、モッツァレラチーズ&カマンベールチーズ味。これが売ってなくて！　僕、うまい棒が子供の時から大好きで、あっ、一本ずつどうぞ！」と、ニコニコおすそわけしてくれた。エッ、イインデスカ、ドーゾドーゾ、アラウレシ〜……。

このやり取りを横で見ていた、うちの五十一歳のヒゲのお父さん。家の玄関に入って鍵を閉めながら目を細くして言った。「……おまえ、若ぶったな？」。ギクッとした四十四歳のわたし。「そんなには懐かしくないだろう？」と五十一歳。四歳もこちらを見ている。

ば、ばれているのである。そう、「うまい棒」を見て、子供の時よく食べていました的小芝《こしば》居《い》をうったが、わたしたち世代にはちょっとだけ「後《アト》」の駄菓子なのだった。地域性もあると思うけど、小さい時に夢中で食べた記憶がない。「大きい子供」になってから食べた。アイス「ガリガリ君」も新しい人だ（人じゃないけど）。五歳くらい下からだろうか、少し若い人たちの気持ちよいモノなのだ。Oさんも十歳くらい下だ。

せっせと、こまめに若ぶってすみません。しかし、食べてみた。ぜんぜん懐かしくない。でも、とてもおいしかった。

Ⅳ 甘味いまむかし

商店で買い物をする田辺聖子　一九六四年、兵庫県尼ヶ崎市にて

縁日の思い出、ゲンゴロードーナツ

甘糟幸子

「和菓子と洋菓子、どっちが好き」っていう質問、案外多いものです。お菓子好きの私としては、「両方とも」と答えたいのですが、それでは質問した人が満足してくれません。で、私はこう答えることにしました。

「遠くまで、わざわざ買いにいくのは洋菓子。でも、ショートニングとお砂糖を固めたような安物ケーキは、よほどの時でも食べないけれど、和菓子なら、駄菓子でもなんでも喜んで食べる」

和菓子の中でも好きなのはおまんじゅうで、杉の箱に納まっている虎屋の酒まんじゅうから、表面の硬くなりかけた大福を焼きなおしたのまで、いつでもニコニコと手を伸ばしてしまうのです。

しかし、最近寂しいのは、ふっくらした厚い皮、ほどよく少量のあんの入っている何気ないおまんじゅうがなくなってしまったことです。あんこが多くて、きんつばみたいに薄い皮のばかりです。

この春、いただき物のおまんじゅうがたくさんあった時のことですが、食べる前にあんを半量とってしまいました。そのほうが、皮とのあんばいがよくておいしいのです。

あんは、一つずつラップして冷凍庫にしまっておき、天ぷらの後で小型のアンドーナツを作りました。揚げたての熱いアンドーナツは、店で売っているものよりずっとおいしいものでした。

天ぷらを揚げた後、衣に溶いた粉が残っていることがあります。ここにお砂糖と卵をいれて揚げてみたら、軽くてなかなかおいしかったのです。そこで、油鍋はでているのですから、溶いた粉の残りがない時でも、新たに小麦粉を牛乳と卵で溶き、砂糖とベーキングパウダーなどいれて混ぜ、丸い揚げ菓子を作ってしまいます。砂糖を少なめにして、揚げたものに、外からふりかけます。私の家では、この揚げ菓子のことを「ゲンゴロー」、時には「サーターアンダギー」と呼んでいます。

なぜ、ゲンゴローなんて虫みたいな名前で呼ぶか、といえば、戦前の縁日では「ゲンゴロー」というのぼりを立てた屋台で、このお菓子を売っていたのです。

小さな屋台なのに、左側には油鍋がはめこんであって、右側にホウロウの丸い水槽があります。水槽のへりには、小さな仕切りがついていて、「三つ」とか「五つ」とか字が書かれています。この屋台は、実はゲーム場というか、とばく台というか、カケの賞品として、丸いドーナツ菓子を当てるところなのです。

おじさんは、台の上に小麦粉を練ったものをのばし、丸いワッパのようなもので、端から切りとっていきます。ぺちゃんこの円型のかたまりは、指の間でひょいとつままれて、ふくらみをつくり、油鍋へ落とされます。その手つきの素早いこと。次々と鍋へ落ち、揚がってきたところを金網ですくって、お砂糖をパラパラとかけるのです。揚げたての、油とお砂糖の溶けあった熱いお菓子のおいしさ、日ごろの家庭では味わえない魅力でした。

子供たちが、「ちょうだい」と銅貨をだします。すると、おじさんは、渥美清の寅さんよりずっと低い、潰れた声で歌うようにいうのです。

「ゲンゴロさん、ゲンゴロさん。

お家はどこかいな。

お土産は何かいな」

水の上を泳ぐゲンゴロー虫は、水槽の中央に放され、へりの仕切りのところへ泳ぎつきます。仕切りについている番号がお土産の数で、「へい、五つ」などといいながら、三角形の紙袋にいれたゲンゴロードーナツを渡してくれるのです。

お菓子もおいしかったし、時には十個ももらって「もう一度」などという大当りのスリルもありましたから「ゲンゴロー」は縁日でいちばんの人気でした。

サーターアンダギーというのは、沖縄のお菓子です。ゲンゴロードーナツよりひとまわり大きくて、ひび割れがあります。黒糖を使ったのも、白砂糖を使ったのも、表面がゲンゴローよりやや黒いのは、粉をやや固めに溶き、直径も大きく、火を十分通さねばならないからでしょう。

サーターアンダギーをはじめて食べたのは、転勤で沖縄へいっている姉一家を訪ねていった時のことでした。町の食堂へいくと、ガラス瓶に入った真っ黒いボールのような揚げ菓子があります。姉が名前を教えてくれてから、「沖縄の土地の言葉って、外国語みたいに聞えるけど、耳をすませてから、よく考えてごらん。日本の言葉と同じことがわかるから。例えば、ジーマーミーは地豆《じまめ》よ。地面の下でできる豆だから落花生のこと」

サーターは砂糖、アンダギーは揚げ菓子でしょうか。沖縄では、小さな島々にもこの菓子があって、あちこちの島をこれをかじりながら歩いたものです。私は黒糖のものが特に好きでしたが、姉が土地の人に教えられたコツによると、黒糖のアクをとるには、鍋に黒糖と卵白を入れ、水でのばしてから火にかけ、上にアクが浮いてきたら、ぬれ布巾で漉《こ》すのだそうです。

飯倉の『キャンティ』にもゲンゴローがありました。うちのゲンゴローよりもう少し大きく、沖縄のアンダギーより少し小形。色は明るく軽やかで、やはり砂糖がふりかけてありました。「おやおや、イタリアのゲンゴロー」と思ったのですが、考えてみれば、こんな素朴な菓子は、世界各国どこへいってもあるのでしょう。簡単だから誰でも作れるし、単純だからアキがこない。案外、世界共通家庭菓子なのかもしれません。

ちょっと気になるのですが、最近はドーナツとかホットケーキとか、単純なお菓子まで、火を入れるだけ、材料の分量まで計ってセットした箱詰が多く使われているようです。出来たものを買って来る、というのはわかりますが、わざわざ揚げたり焼いたりするのに、なぜそんなところで手数を省くのでしょう。

両方の焼き上がりをくらべてみれば、違いは歴然です。小麦粉、卵、砂糖、ベーキングパウダー、これだけ合わせるのに使う頭や手間も面倒なんでしょうか。

甘糟幸子

それでも飲まずにいられない　より

開高健

いまの若い人は、満たされているせいか賢い飲み方をします。買う物が無限にあるから、銭の使い方がうまい。楽しみは無限にあるのだから、そのなかからわざわざひとつのものを買ってやろうかというときには、よくよくの動機があるわけです。そこには、彼らにとってなにか本物がなければならない。もちろん、ザッカケなラーメンとか、ギョウザとか、その式のものも若者は求める。だけどそれは、マクドナルドのハンバーガーと同じで、最初から「立ち食いのものなんだ」と承知したうえで買っているのです。

若者は、自分がなにを欲しがっているのか、自分でわからない。だけど、これはあたりまえのこと。古今東西、若者というものはそういうものです。ただし、「これは、いやだ」という拒否反応は鋭い。その最大の根拠になるのが、「友達が言っていたから」という口コミです。友達に偽物やガセネタをつかませたやつは軽蔑されるから、これは鋭い。だから、本物でいいもの、安物でいいもの、値段の張る物でもいいものをつくらないことにはやっていけません。

こういうぐあいだから、いまの若者はお酒を飲まない。飲んでも、いいものをチョッピリお飲みになるだけで、しかも、お飲みになっても、グデングデンになってゲロ吐いて、という飲み方はなさらない。銀座、新宿の深夜の駅のベンチを見てもきれいなこと。むかしは、あの時間になると、もうターミナルは足の踏み場がないくらいゲロが吐いてありました。ベンチで寝ようと思っても、隙間《すきま》がないくらい酔っぱらいが倒れていました。だけど、いまはベンチに倒れている人を見ることがない。飲み方も賢くなったのです。

それに、酒自体もよくなっている。焼酎だって、大むかしはフーゼル油というエテモノが入っていて、これの浮いたものを飲んだ日には、やりきれませんでした。だけど、いまの蒸留装置というのは、完の璧にちかくなっているから、そこから出てくる焼酎はひじょうに純度が高い。酔いはするけれど、悪酔はしない。すくなくとも、二日酔にはならない。だから、いまの若者は、二日酔の経験をもっていないんじゃないだろうか。二日酔になると、「もう、やめた。ボクちゃん、やめなの」とか言って、飲まなくなってしまう可能性大ですな。

だいたい酒は、精神の飢餓が求めるもので、私だって、大酒飲みだった時代、海外であろうと日本国であろうと、山へマスを釣りに行ったときには、酒を飲みませんでした。むしろありがたいのは、キャラメルとかチョコレートとか、甘いもの。いつだったか真夏のガンガン照りに、小笠原に魚釣りに行ったことがあります。そのときに、段ボール一箱にミツ豆をつめて持っていった。あそこの真夏の釣りは、火ぶくれして、漁船の甲板をはだしで歩けないほど暑い。そんなとき、釣った魚をほうりこむカンコロという冷蔵庫に、ミツ豆をたたきこんでおいて、冷えたころ食べる。言うことなし。酒なんかぜんぜん飲みたくない。

これは、アマゾンでもそうだったし、アラスカでもそうだったし、あのアンデスの山のなかでもそうでした。野外にいるときは、われわれは酒を必要としない。野外にいて酒を必要とするのは、夜になって、小屋にもどってからのこと。それでも、あまり必要としない。必要になるのは、都会にもどってからです。東京近辺でいうならば、日光の山奥でイワナ釣りをして、帰途について、荒川放水路を越えたころから、酒が飲めるようになってくる。飲みたくなる。そうなると、野外では完璧だったミツ豆に見向きもしなくなる。食べられたものじゃない。だけど、いったんリュックサックをかついで駅に駆けつけたときには、「ミツ豆ないか」ということになる。

というわけで、肉体の飢餓は甘いものを求めます。そのひとつの証拠としてミツ豆がある。もっとむかしのことをいえば、終戦直後の女の化粧品は、みんなヘリオトロープの甘い臭いがしていました。当時の男は、女のつけている甘い香りにひきつけられて、寄っていったものでした。けれど、いまは、甘い香りの化粧品はだんだん減っている。森のコケを連想させるものとか、なまの皮の臭いを連想させるものとか、そういう甘さとは違った臭いになっている。肉体が飢餓におちいっていない証拠です。それでも、かなり長いあいだ甘い臭いを使っていたのが、練り歯みがきでした。それでも、コルゲートが上陸してから、だんだん甘くなくなって、いまや日本製の歯みがきも、むかしのものに較べたら、甘さはグーンと減っている。女の香水が甘くなくなり、歯みがきが甘くなくなり、酒も甘くなくなる。焼酎が喜ばれる。ウォッカが喜ばれる。すべて共通の現象といえますね。だから、いまの若者は、ある年ごろから下は、甘いものを求めなくなるに違いない。

一方、精神の飢餓の方は、アルコールを必要とします。だから、精神が飢渇するとウォッカが飲みたくなる。マティーニが飲みたくなる。だけど、いまの若者のように、肉体も精神もハングリーでないなら、ミツ豆もマティーニもいらないわけです。

マロン・グラッセの教え

獅子文六

近頃、日本の牛肉が、世界で一番うまいとか、銀座のフランス料理は、パリよりも結構だとかいう言を、度々聞くが、ちょっと、耳ざわりである。

日本の牛肉も、松阪肉あたりは、大変うまい。ほんとに、世界一かも知れない。しかし、牛肉というものの料理は、ビフテキやスキヤキばかりに、限っていない。ロースやフィレだけを食うものとも、限っていない。硬い肉、大味《おおあじ》な身どころの肉を、長く煮こんで、うまい味を出す料理は、沢山ある。そういう料理では、松阪肉なんか使うと、味が濃過ぎ、細か過ぎるかも知れない。外国の肉も、ブラジルあたりは大味過ぎるかも知れぬが、フランスの肉をマズいということはできないものと、心得ている。煮込み料理は別として、ビフテキ類だって、ずいぶんウマいシャトウ・ブリアンや、アントルコートを食った経験がある。もっとも、スキヤキでうまいと、思ったことはなかった。何しろ、醬油は辛うじて入手できても、ミリンもないのだから、どうしようもない。

まア、肉の問題は、深く問わぬことにして、銀座のフランス料理は、パリよりうまいというのは、苦笑をもって酬《むく》いる以外に、術を知らない。

料理は、その国へ行って、食うべきものであって、たとえ、行ったにしても、一週間や二週間の滞在では、その慌《あわただ》しい心理状態からいっても、味を解するのは、ムリであろう。まア、春夏秋冬を少くとも二度ほど、その土地で送ってみて、季節の食べ物も一通り食べてからのことである。その土地にも少し飽《あ》きて、アクビの出る頃に、料理のうまいまずいも、わかってくるのである。

それに、銀座のフランス料理は、大体、宴会料理の系統だが、別種の惣菜《そうざい》料理があって、私なぞにいわせると、その方がフランス料理の味である。珍物悪食がフランス料理だと思う偏見があるが、平凡な材料を、親切に、丹念に、それぞれの持つ最高の味をひきだすのが、フランス料理だと心得ている。その代り、外観だの、視覚美だのは、惜しまず、犠牲にしてしまう。その方は、銀座のフランス料理が、数等上である。

しかし、川口松太郎君のように、ニューヨークのフランス料理が、世界第一だという人もある。世界第一は信用しないが、うまいフランス料理を食わせるだろうことはわかる。それは、戦後の東京の中国料理が、世界で二番目ぐらいに、うまいというのと、同じことだと思う。中国の革命で、いい料理人は、香港《ホンコン》あたりに集まったのを、高給を出して、東京へ連れてくる。材料や調味料も、どんどん輸入する。それでは、うまい料理ができるわけである。しかし、昔の北京の料理が、今の東京で食えるかというと、そうはいかない。その国で食う料理は、あらゆる材料が揃う上に、フンイキという大切なものがある。

銀座のフランス料理も、中国料理の場合のように、本国からコックだの、調味料だの、調味用酒類を輸入したら、きっと、今よりウマくなる。但《ただ》し、今の三倍の値段を貰っても、引き合うか、どうか。その上に、どうも、昔の風月《ふうげつ》のフランス料理の方が、うまかったなぞといわれる心配も、かなりある。とにかく、日本の牛肉は世界第一だから、フランス人のコックを連れてきたら、世界第一の料理ができると思うのは、迷信である。

第一、牛肉ばかりで、フランス料理はできない。

私は、日本肉世界第一論者の説を聞くと、いつも、マロン・グラッセのことを考える。マロン・グラッセも、戦後、方々でつくるようになり、日本女性の愛好物となってる。あれは、まア、女の食うものであって、おしゃべりをしながら、惜しみ惜しみ、口にふくむのは、無上の味らしい。私は男であるが、パリにいる頃は、ほんとにうまいと思って、食った。しかし、日本のマロン・グラッセは、女性に譲っても、決して惜しくない。

ところで、材料の栗であるが、これは、断然、日本の方が上である。日本の丹波栗は、ゆでただけで、大変おいしい。しかし、フランスの栗ときたら、秋になると、焼栗屋が街角に出るが、熱いから欺《だ》まされて食うものの、サツマイモより、味がない。ほんとの大味《おおあじ》である。あんな、まずい栗から、どうして、あんなうまいマロン・グラッセができるのか。

ここに、問題がある。

日本では、牛肉でも、魚介《ぎょかい》でも、野菜でも、フランスに負けない材料があるのに、なぜ、銀座ではというようなことを、つけ加える必要はない。

マロン・グラッセは、恐らく、古い菓子であろう。フランスの食物字典を調べれば、ルイ何世の王妃が好んだとか、何とかいうことが出ているだろう。あの脆美《ぜいび》な味は、まったく人工的であって、栗というものの味は、まったく度外視されてる。

日本のマロン・グラッセは、第一に、歯ざわりがよくない。歯を当てただけで、ポロッと崩れる快味がない。それから、香料がド強《ぎつ》く、そのくせ、栗の香も、相当、残存してる。ことによったら、日本の菓子屋は、栗の菓子だから、栗の味を残すべく、苦心してるのではないか。自然の味を生かすという日本趣味からでもあろうか。

でも、フランスのマロン・グラッセは、そんな菓子ではない。あの安価で、まずい栗の体をかりて、何か、手の込んだ、デラックスな菓子をつくりあげたので、九分九厘の人工製品である。もともと、まずい栗だから、あのようなものができるのかも知れない。すると、美味な日本栗は、マロン・グラッセには、失格品となる。

日本のナマ洋菓子も、クッキー類も、ずいぶん、うまいのができるようになった。パリの菓子屋だから、必ず、うまい菓子を売ってるとは限らない。日本の量産ナマ菓子程度の品物を売ってる店も、ないことはない。

しかし、マロン・グラッセだけは、ちょっと、開きがあるようだ。フランスの製品に近づくのには、かなり、時間を要するだろう。それほど、あれは、むつかしい菓子らしい。

シャンゼリゼエのマルキーズ・ナントカという高級菓子屋のマロン・グラッセは、飛び抜けて、うまかったが、何しろ、高価な菓子であるから、そうそうは、買いにいけない。

ところが、フランス人から、いいことを教えてもらった。その店で〝クズ〟を買うのである。あんな脆《もろ》い菓子であるから、製造中に、クズが沢山できる。少しでも形が欠ければ、正規の売物にならない。その欠けクズをわけて貰うと、価格は、半分以下である。味の方は全然変らない。

〝クズ〟のことを、フランス語で何というかと聞いたら、〝デタイユ〟だといった。なるほどdetail は、そんな意味にも使うのかと、感心したが、そんなチエを教えてくれるのは、フランスの女にきまっている。うまいものを、安く食うチエは、実に発達している。私の亡妻が教えてくれたのである。

金平糖

寺田寅彦

金米糖《こんぺいとう》という菓子は今日ではちょっと普通の菓子屋駄菓子屋には見当らない。聞いてみるとキャラメルやチョコレートにだんだん圧迫されて、今ではこれを製造するものがきわめて稀になったそうである。もっとも小粒で青黄赤などに着色して小さなガラス瓶に入れて売っているのがあるが、あれは少し製法がちがうそうである。

この金米糖の出来上がる過程が実に不思議なものである。私の聞いたところでは、純良な砂糖に少量の水を加えて鍋の中で溶かしてどろどろした液体とする。それに金米糖の心核となるべき芥子粒《けしつぶ》を入れて杓子《しゃくし》で攪拌《かくはん》し、しゃくい上げしゃくい上げしていると自然にああいう形に出来上がるのだそうである。

中に心核があってその周囲に砂糖が凝固してだんだんに生長する事にはたいした不思議はな

い。しかし何故あのように角《つの》を出して生長するかが問題である。

物理学では、すべての方向が均等な可能性をもっていると考えられる場合には、対称《シンメトリー》の考えからすべての方面に同一の数量を附与するを常とする。現在の場合に金米糖が生長する際、特にどの方向に多く生長しなければならぬという理由が考えられない、それ故に金米糖は完全な球状に生長すべきであると結論したとする。しかるに金米糖の方では、そういう論理などには頓着なく、にょきにょきと角を出して生長するのである。

これはもちろん論理の誤謬ではない。誤った仮定から出発したために当然に生れた誤った結論である。このパラドックスを解く鍵はどこにあるかというと、これは畢竟《ひっきょう》、統計的平均についてはじめて云われ得るすべての方向の均等性という事を、具体的に個体にそのまま適用した事が第一の誤りであり、次には平均からの離背が一度出来始めるとそれがますます助長されるいわゆる不安定の場合のある事を忘れたのが第二の誤りである。

平均の球形からの偶然な統計的異同 fluctuation が、一度少しでも出来て、そうしてそのために出来た高いところが低いところよりも生長する割合が大きくなるという物理的条件さえあればよい。現在の場合にこの条件が何であるかはまだよく分らないが、そのような可能性はいくらも考え得られる。

面白い事には金米糖の角の数がほぼ一定している、その数を決定する因子が何であるか、これは一つのきわめて興味ある問題である。

従来の物理学ではこの金米糖の場合に問題となって来るような個体のフラクチュエーションの問題が多くは閑却されて来た。その異同がいつも自働的に打消されるような条件の具わった場合だけが主として取扱われて来た。そうでない不安定の場合は、云わば見ても見ぬ振りをして過ぎて来た。畢竟はそういうものをいかにして取扱ってよいかという見当が付かなかったせいもあろうが、一つにはまた物理学がその「伝統の岩窟」にはまり込んで安きを偸《ぬす》んでいたためとも云われ得る。

物理学上における偶然異同の現象の研究は近年になっていくらか新しい進展の曙光を漏らし始めたように見えるが、今のところまだまだその研究の方法も幼稚で範囲もはなはだ狭い。

そういう意味から、金米糖の生成に関する物理学的研究は、その根本において、将来物理学全般にわたっての基礎問題として重要なるべきあるものに必然に本質的に聯関して来るものと云ってもよい。〔中略〕

それにしてもこの面白い金米糖が千島アイヌか何ぞのように亡びて行くのは惜しい。天然物保存に骨を折る人達は、ついでにこういうものの保存も考えてもらいたいものである。

寺田寅彦

バナナ

堀口大學

今でこそ、夜見世の埃にさらされて、口上の文句面白いたたき売りの対象にまで下落しているが、昔と云ってもつい先頃、僕等が少年のころには、バナナは実に貴族の食であった。その頃、東京市中の果物屋で、バナナを売っていた店はおそらくまだ一二軒にしか過ぎなかっただろうと思われる。或いはまだ無かったかも知れない。

その頃、雪の深い北国に住んでいた私は、十三歳の春、父が久々で帰朝して、芝の三田に暫く住んでいたので、学校の春の休暇を利用して父の許に遊びに来ていた。

そこで私は初めてバナナを食べたのであった。ある晩、食後味にこの黄金色の皮に包まれた美しい果物が出た。僕はそれを食べて見て、これは美味なお菓子だと思った。別にだれも説明してくれた訳ではないが、一喫して、僕はてっきり、これは菓子だと思い込んでしまったのであった。成る程、バナナは極めて菓子に近い果物である。第一種子らしいものがどこにもない、その上、その味も、そのやわらかみも、悉くこれ人が造った菓子ならでは到底考え及ばぬほど微妙に出来ている。僕は初めてバナナを食べて、これは実に美味い上等な菓子だと思った。

それにしても、あんまり見受けない珍らしい菓子だと思った為めであろう、僕はその時、父にどこから買って来たものか、訊ねて見た。すると父は、横浜へ来ている仏蘭西汽船アルマンベエクから頒けて貰って来たのだと教えて、さて僕に、これを好きかと云ってたずねるのであった。僕は大いに好きだと答えた。すると父は、二三日中に、また横浜の船へ用事があって行くから、そうしたらまたこの果物を貰って来てやろうと云ったものである。

それを聞いて僕は、かっとして憤り出したものであった、と云うのは、父が田舎者だと思って僕を馬鹿にして、だれが見ても一見疑う余地のない人造のこのお菓子を、天産の果物だなぞ云い出したものだと、心から信じたからであった。それで、僕は、いくら田舎者でも果物とお菓子との見さかい位はつく、あんまり馬鹿にして貰い度くはないと、意気猛々しく云い放ったものであった。

すると今度は、父の方がかえって、あっけにとられて、いや、いや、これは、バナナと云う果物だ、熱帯地方の芭蕉になる実だと云って、いともねんごろに説明してきかして、それでもまだ僕が、からかわれているとばっかり思いこんで、いっかな承知しそうもないので、はては、台所から、わざわざ房のままのバナナを取寄せて、そら、これをごらんとばかり、見せてくれたものであった。

　この房のままのバナナを目の前におかれると、僕の田舎者らしい頑固な誤信も、たちまち氷解して、成程これは果物である。然しそれにしても、何と云う美味な果物が、この世にはあることかと、しきりに、あの美しい木の実を撫でさすり、撫でさすり、且つは感じ入り、且つは己れの不明を恥じ、またしても、あの香り高い自然が作ったお菓子の皮をはがして、また一本ぺろりと食べたものである。

堀口大學

願望の菓子

宇野千代

私の田舎は旧岩国藩の城下町岩国だ。いまでも偉い軍人が沢山出ていたりするくらいで、小さな町の癖に実にがっちりと階級的である。士族の娘である私は、子供のころ町家の娘と画然と区別されて「千代さま」と呼ばれて育った。そういう家の格式は、いまで言う華族の売物のように、「士族の株」と言って売買された。実を言うと私の家も、買手があればいつこの「株」を売るかも知れぬという有様で、へんなことを言うようだが、子供たちはめったに菓子も貰えなかったという訳。

だが、私の父は貧乏で子供に菓子がやれぬとは思いたくなかったらしい。厳格な家庭教育のために、(それは文字通り、超厳格な教育だった)子供には、菓子なぞという甘いものは一片もやらぬと決めていたらしい。

菓子の貰えぬ子供。——私くらい、その頃の田舎の菓子の名を知っているものはあるまいと思うくらいに、私はさまざまな菓子の名と色と形を知っているが、たぶんそれは、菓子の貰えぬ子供の咽喉のつまるような「欲しがり」好奇心が、自然にそうさせたのだと思う。

太鼓饅頭、一厘玉、落雁、松風、瓦煎餅、こんぺとう、ボーロ、外郎。——菓子屋の前を通るたびに、私の鼻は蟻か蜜蜂にでもなったように、あの甘い、咽せるような、ぷうんとする匂いに匂《ママ》まれて、そのまま、いつまでもじっとしていたくなる。菓子屋の嫁女さまになりたいなあ。——私はしんからそう思った。分別くさい顔をした傘屋の息子の話すところによると、菓子屋の人は菓子の匂も飽々するものだというのだが、子供の私はそれは嘘だろうと思った。

だが、嬉しいことが一つあった。毎年正月休みになると、私はひとりで、峠を越えた隣り村の本家へやられる習慣だった。本家は大きな酒造家で、いまでも県下の多額納税者であるが、それでなくても、一年に一度遊びに来る親戚の子供に菓子くらいくれる。朝と晩とお八つと、ああ、何とうまい菓子であろう。それは岩国の町で売っているどの菓子ともまるで違う。私は最初の一つを喰べ終ったときに、うちに残っている小さい弟妹たちのことを思い出した。そうだ、喰べないで持って帰ってやろう。この五日間の滞在中に、恐らく大きな菓子箱が一ぱいになるくらい、私はお土産をためて帰ってやろう。——それはアメリカへ行った貧乏な出稼人のつましい願望のようなものだ。私は先ず本家の「ご寮人さま」に菓子の空箱を貰った。一つ、二つ、三つ、色とりどりな旨そうな菓子が列ぶ。私は小さな弟妹たちの喜ぶ顔を想像した。二日、三日——私の菓子箱はだんだん重くなる。私は夜も眠れない。ほんの一つだけ、喰べてはいけないいだろうか。私はちょっとなめて見た。それから一つだけ栗饅頭のお尻のところをかじって見た。構うことがあるものか、一つか二つ喰べてやろう。——到頭帰るという日には、私は最後の菓子の一つまでも、みんな自分で喰べて了っていた。

だが家へ帰ってから、屢々あの誘惑に負けた一瞬の脆さを思い出しては、悲しくなった。まざまざと眼に見える、あの、——箱の底にきちんと二側に列んだ菓子。ああ、どんなにみんなが狂喜して喰べたことか分らないのに。——

チョコレートだのキャラメルだののなかった頃の田舎の話だ。私も優しい子供だった。

宇野千代

菓子の思い出

尾崎士郎

お菓子、と一口に言っても、現在の菓子とはちがう。

私の子供の時分のお菓子といえば、今の駄菓子屋にならんでいる鉄砲玉、豆板、又は油で揚げた黄色い油色のかりん糖である。

その頃、いたずら仲間に源というのがいた。私達がその大きな鉄砲玉で頬をふくらましてふいときてはふくらんだ頬をきゅうと抓り上げるのである。抓り上げられると、ひとりでに行き場のなくなった鉄砲玉は、ぽろりと口からころげ出る。その落ちるところをひょいと手にうけて、素早く自分の口に入れるという算段で、よくこの手にかかったものであった。

この鉄砲玉は、今の子供のキャラメルと同じようなもので、私達は、毎日、鉄砲玉をせびったものである。毎日キャラメルを食べないと承知できない自分の子供にせびられる度に、ひょいと、泛んでくる自分の昔が時にはしみじみと痛んでくる。

この間、子供の食べているのをちょいと失敬してみたが、ミルクと甘味の調和した味は、焦臭くて苦甘い鉄砲玉より、大人の私の口にも合うようであった。

子供の説明によると、チョコレートキャラメル、コーヒーキャラメル、ソフトキャラメル等々、なかなか種類があるそうで、あれはこう、これはこうと、子供の説明を聞きながら、私は、子供の感性にひやりとした。——時代の相違である。菓子の相違でもあるが、そんなことには至極のんびりとすましていた私の頃を考えると、おかしいようである。

確かに進化である。しかし、その頃を考えると、生れるなりに大人の近頃の子供がいじらしい気がした。激しい時代に生きている男と女の間から生れる子供があれば、若しかしたら胎内で既に毛を生やしているのではあるまいかしら、猿の子みたいに、そう言ったら、まあとあきれた顔のあとで、笑い崩れる妻と一緒に私もどっと笑いだした。

夜、ウイスキーを飲みながら、私はふと一緒に摂っているビスケットに、子供のキャラメルを想い出した。ビスケットを菓子の仲間に入れていいかどうかは別として、ビスケットもなかなか美味くなったものである。子供にさとらせられたというのは変であるかもしれないが、これでも歳を見せられると淋しいものである。

たまに、家族の相伴で番茶に塩せんべいをとったりする。堅焼の塩せんべいを、私は特にこのむのであるが、ぷんと鼻をついてくる焦げた醤油の匂いほど恬淡なものはない。舌にさわると、じんと浸みてくる。浸みてくる勢いは炎のようで、ありありと、火の加減がよめるのである。歯がきしむ柄手《ついで》に、パッと割れる快適さ、歯につかずはなれず淀むほのかな米の甘味、しかし、今は求むべくもない。堪念に一枚一枚焼く時代ではないのである。ただ、ぼりぼり、ぱりぱり夜更けの腹のたしになるくらいのものである。味の深さ、そのもののみにある持味など、菓子の涯まで、喪なわれて行くのは心苦いものである。それでも、私自身、なかなか塩せんべいから離れられないのである。その形態に愛着を持つのか、いたましいやつれを悲しむのか、半嚙みにされたまま捨てられたせんべいこそいい面の皮である。

この間、北支へ行った時、私はキャラメルを真当《ほんとう》に有難く食べた。軀の疲れでもあったがそれは既に物の味を超越したものであった。恰かも子供の頃、鉄砲玉に心をうずかせたように、一銭をもって駄菓子屋にかけこんだ時のうれしさそのままであった。私は、その時亡くなった母の白い手を幾年ぶりかに見たのである。惜しみなく奪われて行く愛情の亡骸に、私はしばし眼をとじたのである。

尾崎士郎

「汗に濡れつつ」より

石川啄木

こう毎日暑くては奈何《どう》なる事だろうと思う。土用入前から九十度以上の暑さの続くとは例年に無い事だと新聞にも書いてあった。何しろ暑い、欲も得もなく暑い。朝起きて銭湯に行って来て、新聞に目を通していると、もうチョロチョロ腋《わき》の下から汗が流れる。今日も尽日《いちにち》蒸されるのか！　と思うと、思っただけで何を為《す》る気もなくなって了う。

諸肌脱《もろはだぬ》いで仰向《あおむけ》に寝て、バタバタ団扇《うちわ》を使ってる間《うち》は、少し活きた心地もしているが、何時しか腕が疲れて団扇が動かなくなると、総身の毛穴から熱帯風《シロッコ》でも吹き出す様に、ボウッと熱くなる。胸の上に湧いていた汗が、肋骨《あばらぼね》の間の浅い谿谷《たにあい》を伝って、チョロリと背の方へ落ちて行く。右からも左からも落ちて行く、猿股《さるまた》がグッショリだ、気味の悪い事この上もない。

アイスクリームはダラダラと融けても猶《なお》多少の冷気を蔵しているが、暑気《あつさ》に悄気《しょげ》た人間には、何の味もない。意地も張《はり》もない。骨の無い海月《くらげ》にも、那《あ》の半透明な体に何となく『海の涼しさ』が籠ってるが、汗にネバネバした人間の皮膚は唯汗臭い許りである。ふやけた体のあらゆる線が、みな離れ離れになっている。〔中略〕

向う三軒両隣とよく言うが、此二階からは両隣が見えない、向う三軒だけ見える。三軒の一軒は車屋である。二軒は並んで何《いず》れも氷屋である。四寸許りの幅に赤い縁をとり、裾に鋸歯状《のこぎりがた》の刻目《きざみめ》をつけた氷屋のフラフが、予の鼻先に、竹竿の尖に吊下っている。……そよとの風も吹かぬ、烈しい真夏の光線の中にダラリと吊下っている。死んだ物の様に動かないが、赤い縁が日をうけて燃えている。手を触ったら焼け爛《ただ》れそうである。……いかにも夏らしい感じだ。氷屋の旗《フラフ》というよりは、『夏』そのものの旗章《はたじるし》と言った方が可いかも知れぬ。そうして此の『夏の旗章』には『氷』という字が書いてある。なんと面白いではないか。これも我等が平気で看過している趣味ある反語的事実の一つである。〔中略〕

氷は冬の物である。それを夏になってから食うとは面白い事である。太古《むかし》の人類は無論こんな事を為《し》なかったに違いない。家来に高山の巓《いただき》から融け残りの雪を持って来さして食う位の事は為たかも知れぬが、今の様にして氷を食う事は知らなかったに違いない。それが段々人智が進んで来て、冬に出来た氷を、或る装置（自然力の侵入を防ぐ為の）をした庫《くら》の中に蔵って置いて、夏になってから取出して喰う様になった。その次には、それをモ少し大仕掛にやって売出す事になった。

所有権の無い氷を勝手に切出して来て、自然力以外の場処に隠して置く氷の貯蔵者は、とりも直さず自然に対して贓物隠匿罪《ぞうぶついんとくざい》をやっている様なものである。同じ言い方をすれば、氷屋も亦情を知って其物《それ》を買い更に売るのだから、自然の罪人たる事は拒《こば》まれない。若し夫れ氷の需要者たる我等一汎人に至ってはその罪更に重い。自然は其一糸乱れざる運動を続け、その愛する処の万象を生育させんが為に、時あって暑熱を地上に投げる。所詮自然界の一生物に過ぎぬ我等人類は、矢張おとなしく其天地の大規に服従すべきであるのに、何の事ぞ、氷を用いて其暑熱を避けようとする。我等が氷を嚙んでいる時は、即ち我等が自然に対して反逆している時である。氷を嚙んで「ああ涼しくなった。」というのは、取も直さず自然を嘲笑して遺憾のない声である。更にその氷を嚥下《えんか》し易からしめむが為に砕片《さいへん》とし、味覚の満足を得んが為に砂糖とか檸檬《レモン》とか蜜柑とかを調和して呑むに至っては、人間の暴状も亦極まれりと言うべしである。

更に近頃では、自然の製産を盗む許りでなく、其の力の一部分迄も盗み来って、如何なる炎暑の日にも立所に氷を製造する者がある。これらは宜しく彼の旋風器の発明者と共に、電力盗用者、若《も》しくは会社の資金を流用して相場に手を出す手合と同罪に断ずべきではないか。

石川啄木

菓子と文明との関係を論ず

佐藤春夫

僕の議論はいつでも、半分はヨタで半分は非常な真理である——と、まあ自分だけはそう信じている。その僕は何時のころからか、菓子の進歩発達その他の諸傾向は文明を表象するものだと考えている。

傾聴したまえ、酒は猿でもこしらえる。菓子に到っては然らず。菓子は酒にくらべると婦女子と童幼の愛好物である。（註—そういうと、僕がさも左利きのようであるが、大の甘党です）で、最も利己主義的な動物たる人間の大人は、先ず自分のために酒の工夫してから、さて余力あれば以て始めて菓子に及ぶというわけ。早い話が、一家の主人にしてみても、自分は借金を質に置いても飲むくせに、子供が飴ン棒をねだると一喝する。

それが一家の経済が多少進歩すると、坊やにもお三時《やつ》を上げようという段取にもなる。酒の匂いのいつもしているのは、これ必ずしも余裕ある家庭とは限らぬが、菓子の場合は常にそれが大に一家の余裕の程度と密接の関係がある。既に一家に於て然り、豈一民族に於て然らざるの理あらんやである。

ところで菓子の上から見たわが国の文明は如何。先ずその大関たる饅頭、羊羹から、さては求肥《ぎゅうひ》（註―間違っても牛皮などと当字すべからず。そんなものは靴とカバンにしかならないものだから）など、どうしても字を見ただけでも、支那というお隣りの文明の模倣に相違あるまい。

ところで又、その支那という老文明国の菓子の発達は如何。井上紅梅氏によると、「材料の豊富な事は真に驚くべきもので、あらゆる穀類、あらゆる果実、あらゆる種子までも利用して軟いもの、硬いもの、湿ったもの、乾いたものを作り上げた手際は全く世界一」という。（註―同氏の名著『支那風俗』上巻三〇六頁に詳し）。

ところが村松梢風君は「支那の料理は、複雑で進歩しているけれども、菓子は殆んどなってない国」と全く反対の説である。（註―同氏著『支那漫談』八二頁）

僕は性温厚の君子である。妄りに一方の説に賛成して、この反対の両君の一人に背くことを好まない。そこでつらつら考えるのに、支那は成程生菓子といふものは尠いようである。その代りには他の種類のものは井上説のとおり「数百数千種」にも及ぶらしい。蒸し生菓子はごく近代の発達であって、近代に於て頓にその文明の衰えた支那では、その前期迄の種類は無上に発達しながら、その以後はあまり進歩しなかったのではあるまいか——でないと、僕の議論には甚だ不都合だからそう決定する。諸君も定めし賛成でなくてはならない。

支那の文明を模倣し摂取した我国は、今日では更に、欧米の文明の摂取に大多忙で、さればこそ菓子も大いにヨーロッパの感化を受けた。

しかしここで最も注意すべきことは、汽車や洋服や洋酒などよりも大分おくれて、ママやパパなどとともに甚だ余裕ある西洋文明として、割合に最近の流行である事は諸君の見らるる通りである。これが一般化し、さておもむろに民族化した暁には、果してどんな民俗的な菓子が発生するであろう。期して後人に待つより外はない。(註—諸君よ、すべての論文というものは、大ていこんな馬鹿げたものである)

佐藤春夫

茶菓漫談

木村荘八

「明治製菓」に就ては、とぼけた経験があるのです。新宿の或る喫茶店で出逢ったことですが、卓に付くと、壁にポスターが――或は壁にペンキでそう書いてあったのかも知れぬ――あって「明治の菓子」としてある。私は友人に、

「あの明治の菓子と云うのをとろうじゃないか」と云って、女給に命じました。ところが、女給は解せぬ様子なので、

「ここには明治の菓子があるのだろう?」と、こっちは猶乗り気のところ、友人が素早く心付いて、

「イヤ、何でもいい、菓子でさえあればいいのだ」と言ったので、どうやらボロは出さずにすみましたが、顧みておかしさに得堪えぬ経験をしたものです。

明治の菓子と云うのを明治時代の菓子と云う意味に早呑込みしたので、迂愚の次第です。多

分、むぎこがしとか、竹づっぽうの中にカンテンのはいったもの、或はぎゅうひなど、その類が出て来ることと……大失敗でした。

それにつけても、この「明治時代の菓子」は無くなってしまいました。尤も、今でも場末の縁日などへ行くと、時々みつのうまそうなあやめ団子などは見ます。大きな青手の皿に入れて屋台で商なって居ります。その他、ニッケとか、蛤の貝に入れて一端から吸うと出て来る五色ザラメ、とび口、かんかち団子。——かりん糖は今にすたらぬ様ですが、何れは之等のものも栄枯盛衰を免れません。

老婆が不衛生のしん粉細工を売って子供達に中毒を起させたと新聞に見ましたが、徐ろに往時を回想致します。我々はよくチギリと云って、たとえば、むさくるしい老商人の商なうしん粉屋の食物を、小学時代に日夕愛食したものです。老人が平べったい親指で所謂タダしん粉をちぎってはみつの丼へ落してくれるのを、竹の棒で突きさして貪り食ったものです。

一時は中途の渦巻形をした長いガラス管《くだ》を、毎日楽しみに待ったことがあります。矢張しん粉屋が持って来るもので、目的はそのガラス管の一方を我々の口に当てがい、他方から水に薄めたみつを注いでくれるのを待ち構えて吸うのです、と鳶色の甘液が渦巻の管を通って口中に達する。その阿吽の間に醍醐味のあろうと云う、思えば、——あれから二十年経ったか経たないか——今日は何れも進歩したものです。或は這間醍醐味に至っては消滅したかも知れません

木村荘八

が、開明に至っては彼我、問題になりません。

私がおぼえているのでは、シルヴー・カチュースと云って、しゃれた缶入りの無数の銀玉の菓子。之を正にAdmirationを以って購った記憶があります。手近く外物を摂った、ときめく嬉しさです。その頃シュークリームなどは大変なものでした。シルヴーは銀とわかるが、カチュースとは何の意味かわからなかった、左様、中学一、二年の頃、日露戦争彼之れの時代とおぼえます。度々この缶を求めては、之れをポケットに忍ばせて学校に行ったものです。今思えばこの銀玉は、西洋出来の安菓子に付いてあるあの玉でしたろう。缶を傾けて口中に二三十個を含む、この味感、得も云えぬものでした。

当時アメチョコと云ったのが今日のキャラメルの——その妙にひからびたるもので、この名は丁度チャリー・チャップリンと有る可きを、アルコール先生としたと同じ怪し気な早呑込みです。寧ろ年寄が更に之を化してルメラヤキとしたと云う、この方が真情で面白い。

落語家の左楽がある博覧会で「少し疲れたがコーヒー湯でも呑もうか」と仲間に云ったと云う。この「湯」を付けて呼ぶ大時代、さこそ云う人の歴史哉。老が村田銃を振るって突貫した時分は、湯呑へ角砂糖を投じ、湯を注ぐ中から黒い粉を吹き出す。あれが唯一の日本国のコーヒー湯です。之れをモカのブラジルのと判じ出したのは（?）ついこの十五年とならぬ、何れは大正世相史の立派な一端に当るところでしょう。

我々の学生時代は――然し我々、我々と大層らしいが、いつとなく子供も大人となる。この辺正直に云うお景物です――中学何年とある頃は、今のモダーン・ボーイスはもみ上げを長くしますが、反対に、我々は短く剃りました。ズボンも当世の逆に極細で、襟を高くメルトンなどと云う羅紗地がひどくうれしかったのですから、思えば涙の出る様な妙な感慨がします。マッキンレーと云う靴で、それこそクリーブランドなどと云う黒い自転車に跨がろうものなら、月世界へも飛ばんばかりです。で、「ミルクホール」へはいって「牛乳」を呑もうと云う。「カフェー」へはいって「コーヒー」を飲むはおろか――今ここに思い出すのは、大正改元の頃、私は、外国版の画にバン・ゴオホの『アール街頭の喫茶店』と云う素描を見て、それには南方フランスのアール街頭にカフェーがあって、三々伍々椅子テーブルのセットを置き人々が喫茶している図を写してあります。「こう云う気持のいい喫茶店がこっちにもあるといいが」と思ったことであります。

と、数年ならずして、何しろいまだに直に頭に浮ぶのは、銀座のカフェー・パウリスタの嬉しさです。自由劇場のジョン・ガブリエル・ボルクマンの帰りにたしか彼所で喫したコーヒーなどと云うものは、永久、忘られぬ新鮮さでしょう。その間に、あっちこっちにぼつぼつカフェーが出来、此の店一軒と思った黒いモカコーヒーの味覚が、忽ち本郷でも、神田でも味わえる事となりました。

之れと同時に心付くのは、前出、バン・ゴオホ等の外国画の普及で、大正初年には丸善洋書店を以てしても容易くは手に入らなかったLewis Hindの著『後期印象派論』など、之等が、丁度その書中挿絵のアール街頭のカフェーが東京至るところ日に漫延する、之と等しく外画外書の類も、東京いたるところに見受けられ、やがては上野広小路の露店へ行けば、ゴオホ、セザンヌの画類その煩に堪えぬほどでした。

何か背後に「時」を動かす、目に見えぬものが忍ぶと見えます。

昔、居酒屋へはいって宮下か何かへ陣取ると、その辺から幕末の志士あたりが出来上ったわけでしょうが、中頃、牛肉屋へはいって霜降りか何かを突付くと、明治の法律書生が現れたのかも知れません。末は博士か大臣となったのでしょう。我等は世紀末のミルクホールと云うのへはいったので、今見らるる如きものとなり、今日の少年諸君はパーラー某に入って存分の享楽をされる、この年後如何？

往年胃の腑へはいったものは、そのはいり様なり品物なり、之れでずい分後世を動かす下地となる様です。呵々。

木村荘八

買食い

片山廣子

むかし私がまだむすめ時代には、家々の奥さんたちが近所の若い主婦やおよめさんの悪口をいうとき、あの人は買食いが好きですってね、毎日のように買食いをしているんですって！というようなことを言って、それが女性の最大の悪徳のようであった。それが美徳でないことは確かであるが、それでは買わないであまい物は何が食べられたかというと、到来物の羊かんの古くかたくなったのとか、それも毎日あるわけではなく、うちで仏さまに供えるおはぎでもつくるか、これはお彼岸と御命日だけにきまっているし、小さい子供たちは昔も今と同じように飴玉でもしゃぶらされていたのだろうから例外だけれど、けっきょく、買食いをしなければ甘いものは口にはいらなかった。時たまお菓子を買って家じゅうそろってお茶を飲むとか、隣家のおばさんをお茶に呼ぶとか、そういうのは買食いの部ではなく、これはパァティみたいなもので、いともかんたんな宴会なのだから、決して買食いではなかった。若い主婦が甘い物を買って、一人あるいは二人さし向いで食べれば、買食いをすると見られていたのらしい。昔の人は、女性が自分の口にだけ入れるためお金を使うというのは非常にだらしがなく無駄づかいのように思っていたのだが、その後世の中がだんだん忙しく変って、女のひとがデパートに買物に行って一人で食堂にはいりおしるこやおすしを食べても、それは買食いとは思わなくなった。但し昔から東京人が物見遊山やおまいりに出かければ、帰りにはきっと何処かに寄っておそばかうなぎを食べ、なるべくけんやくしても、くず餅やおだんご位はたべたのだから、デパートの食堂に入ることも昔のおまいりと少しはつながりがあったのかもしれない。大正時代からは中年の女でも一人で銀座のコーヒを飲んで差支えないようになった。

戦争が終って一二年は馬鈴薯とさつまいもがすべての甘味の代りになって、それを来客に出しても喜んで食べてくれた。今は都内の菓子店がすっかり復興して、ありし日の如く和洋とりどりの菓子を売っているが、これを買うのは昔のように簡単にはゆかない。一個が十円、十五円、二十円、二十五円、三十円、五十円、(特別が百円)とすると、どんなけっこうなお菓子が並べてあったところで、それを沢山買って来て、たとえば一週間二週間と昔のひとが喜びそうに何時までも貯えて置くわけにはゆかない。味は変らないにしても、そんな事をすれば一度の菓子代がどの位かさむか、一大事である。

そんなわけで私たちはいま「買食い」をやることになった。その時入用なだけ買ってお茶のつまにし、お客にも出す、明日は明日の事である。家々の主婦たちもお互いの家庭の中のことをかれこれ批評しなくなって、かれらもみんなそれぞれ買食いをしているのである。それから農村の人たちは主食を充分すぎるほど食べているから、三食のほかに甘味を必要としないそうである。また買食いも、田や畑や竹籔の中ではなかなか用が足りないことも確かである。

アイスクリーム博士

長新太

長新太

アイスクリーム博士
1
この人は
アイスクリームを
研究している
愛須博士
である
2
ちかごろは
いろいろな
アイスクリームが
あるので
わけがわからん
ホント
ちょっと
おしえて
あげましょうね
3
アイス
クリームが
こんなに
ならんで
いるのだった
ワーッ
チョコチップミント
アーモンドチョコチップ
バニラ
ダークチェリー
スピナッチ
パンプキン
プラリネ
カシス
レモン
5
棒つきの
いわゆる
スティック
タイプも
あるんで
ある
キュー
6
チョコ
アイス
ロールアイス
パイふうの
やつや、
カップ
アイスも
ある

7
そのほかにアイスクリームをあんみつにのせたりかき氷にのせたりメロンにのせたりいろいろある
8
このほかアイスクリームの仲間にはソフトクリームシャーベットアイスキャンデースフレグラッセヨーグルトなどなどあるんである
目がまわるー
9
博士はつかれてしまった
10
そうしたら発作的に三色アイスクリームがあらわれたのだった
ヒヒヒ
キャッ
11
さらに百色アイスクリームもでてきたではアリマシェンカ！
12
博士はそれから高い熱がでてビョーキになってしまいました
ウーン
てなわけで ←

長新太

いちごの風合

田辺聖子

いちごは、もともと、私の大好物であった。

そのまま、さっと洗ってすぐつまむのもよく、洗ってヘタをとり、縁高《ふちだか》のガラス碗に盛り、ミルクと砂糖をかけてスプーンでつぶして頂く、というのも、私の好みであった。いちごは潰れてミルクの白と和《あ》えられ、ショッキング・ピンクというような、陽気な、美しい彩りになる。それも好もしいが、いちごの甘みに砂糖が加わり、牛乳にほとびて、それは天来の風味、というべき極上のごちそうになる。

人間のたべものとして、これほどの愉楽があるだろうか、というようなもの。

その楽しみが、奪われてしまった。

いちごに異変がおこった。

いまのいちごは、いちごに似て、実は非なるものである。

非いちごはまず、すごく硬い。いまや、私の老いの指の力ぐらいでは潰せない。元来、いちごはつぶれやすい柔らかいくだもの、それゆえ、摘果・運輸の便をはかって、硬いいちごを作ったのかもしれないが、こんなに硬くては果物といえない。

非いちごは一粒が必要である以上に大きい。いちご美学からいえば、もうちっとばかり、小粒のほうがたのしい。大粒でも、美味ならゆるせるが、これが甘くも何ともない。ハッキリいって、まずい。これじゃ、取り柄がないじゃないか。

そりゃあ、廉《やす》いのを買ったんじゃないですか、といわれそうだが、いろんな店で買っても同じ、頂きものも同じだった。いちごの風味が感じ取れない。

フシギだなあ、……と思い思い、次のをたべ、〈うそ。うそでしょ、これがいちごだなんて……〉と思いつつ、もう一つたべてみるが、やっぱり甘くもかぐわしくもなく、ただ、〈腹ふくるる〉わざとなるばかり。三つ四つたべると、腹ごしらえができるほどのボリュームである。

――当惑感と欲求不満があとへ残った。

ヘンだなあ、……というのが、今まで毎年、抱きつづけてきた私の疑問であった。ただ、いちごの季節は短いので、すぐ終り（今はもう、季節に関係なく、年中あるが）次のくだものの季節にうつるので、いつとなく忘れ、また次の年のいちごに出会って、

〈やっぱりだ、やっぱり、ヘンだ。むかしのいちごじゃないよーん。どうしてくれるのさ！〉

と失望するのである。ここに至って、やっと結論が出た。いちご世界に異変がおきてるのだ。

見た目はいかにもおいしそうに赤く熟れ、たっぷりと大きく、黒い点々（この点々の歯ざわりは、いちごを口中に含んだときの歓びのひとつ）も可愛い。〈絵にも描けないおいしさ〉を、誇示する如くである。

ところが一個を期待こめて口へ入れたとたん、〈あ、そうだった……〉と去年の失望を思い出す。今年もまた、非いちごの出廻る季節となったんだ……と思う。

ほんもののいちごをたべたい。いちごはかつて、童話の世界のシンボル、お伽の国の妖精といった連想を伴うやさしいくだものだった。

しかしそれは今や過去の幻となり果て、ずうずうしい巨体と化した非いちごが、甘みも酸味もない、単調な果肉をどっさりつめて、ごろんとそこに横たわっている。大きいだけに、よけい目ざわりだっ！

いちごの風味、というか、風合《ふうあい》が失われてしまったのだ。

私たちは、たいていの場合、日常のよごれ物は洗濯機にぶちこみ、スイッチ一つでかたづけてしまう。そしてドレスだの、スーツだのはクリーニング屋さんを煩わせることになる。

しかしその他に特にお気に入りの、たとえばうすもののストールとか、ふんわりした手ざわりのショール、ぬくぬくとした、それでいて毛糸にじかにふれるようなチクチク感のない、暖かいびろうどの衿巻きとか首巻き、耳まで掩える毛糸編みの帽子、などをクリーニング屋さんに託して〈ていねいにお願いします〉と頼むのは、ただ、ただ、その子らの、〈風合〉を大事にしたいからである。やさしい手ざわり、風のような、音もなく降る雪のような、ある種の気《き》韻《いん》、としか、いいようのない感触、それをそこないたくないと思うからである。そのものを、そのものらしく好ましくさせているもの、それが風合である。

もちろん人間にも、その人なりの風合がある。人それぞれの風合の批判などはできない。しかし、あのひとに会える、と思っただけで嬉しくなるとしたら、その人の風合が自分によく馴染み、親しみを生れさせるからであろう。

それでいえば、今日びの非いちごには、いちごの風合がないのである。

いちご業界にも、言い分があるだろうけど、ケーキのトッピングのような見てくれだけのいちごばっかり作って、本もののよさを忘れ、

（どうなるんだろう？……）

と、ただただ、私は不審なのである。ケーキトッピングのいちごはクリームまみれになって、一見おいしそうだが、食べるとまずい。

しかしそれは小粒だからまだ許せる、というもの、大粒で無味、硬い果肉の非いちごはなん

としよう。ごろんと横たわっているだけじゃないか。困ったもんだ。

いちごの、本来持てる香気、清純なたたずまいの、色、かたち、そして味わいの品のよい甘み。それら、本来の〈風合〉をまったく欠いた、似而非《えせ》いちごは、私を途方にくれさせる。

誰かがこの非いちごを作り出し、それを広め流通させたのであろうが、買い手がまず、

〈風合がないじゃないか、いちごの〉

と声をあげなければしょうがないと思い、日本文化のために私は……と、ここまで書いたが、ナニ、ほんとは昔みたいなおいしいいちごを、またたべたい、というだけのこと。

田辺聖子

お菓子の国のカスタード姫

片山令子

「ケーキは何が好き？」と聞かれると、シュークリームと答えます。でも、今の洋菓子は偽物が多い。植物油脂や安定剤でいじくりまわされた偽クリームを、わたしの舌はすぐにわかるのです。その辺の煙草屋で、上質の瓶入りジャージー牛乳が売られていた子ども時代の環境が、味覚を育てたのでしょう。

日本は偽のカスタード姫と生クリーム王子でいっぱい。このストレスは、外で珈琲を飲むときにも積もってきます。好きな幾つかのお店を除いて、ほとんどが偽クリームがついてきて、珈琲という飲み物を一挙に、味気ない工業製品にしてしまうのです。

安いパック旅行で、はじめてイギリスへいったとき、バージンの飛行機にはじまり、泊まった三流ホテルまで、珈琲クリームの小さいパックはみんな本物だった。ミルク系のわたしは、何十年ぶりかで胸がすーっとしたのでした。

セント・マーチン教会の地下にあるカフェテラスでは、ガラスのコップに、砂糖も何も加えないホイップクリームと、苺を縦に八つに切ったのが入っているだけの苺パフェに感激しました。何てまともなんでしょう。人工着色のシロップが必ず入っている日本のパフェに不満なわたしは、この「実質的」という美意識にうっとりしてしまったのです。

トライフルをはじめて食べたのは、大温室のある植物園、キュー・ガーデンの門の前の「カフェ・グリーンハウス（温室）」でした。やはりガラスの器に生クリーム、カスタードクリーム、苺の他に幾つかの果物、四角に切ったスポンジケーキと、色の違う三種類のフルーツゼリーが、ぐちゃぐちゃとただ一緒に入ってました。それが凄くおいしかったのです。ああ、ちゃんとしたカスタードクリームと、ちゃんとした生クリームのおいしさ！　お菓子の国の、本物のカスタード姫と生クリーム王子は、キュー・ガーデンで出会ったのでした。

トライフルを、日本に帰ってすぐ再現してみました。よく見る料理のレシピは細かすぎます。五グラム単位なんてやってらんないよ、といつも思います。それで、シンプルなカスタードクリームの作り方を考案しました。お菓子に大事なのはリキュールです。コアントローひとつでプロの味。水で煮て冷やした果物に、コアントロー入りカスタードクリームをかけただけで、おお！　とお客が驚くデザートになります。お菓子の国のカスタード姫は、とってもスーパーなのです。

民芸おやつ

福田里香

幼少期から十代にかけて、一九七〇年代あたりの話です。

当時はよく、おやつを〝目〟で食べていました。

もちろん、口でも食べましたけど。

口で食べていたおやつはというと、その頃、地元の新しい銘菓として急激に広まった〈陣太鼓〉という、丸い太鼓形で中に餅が入った粒あん羊羹、スーパーで買うおやつなら、昔ながらのカステラや黒棒、ブルボンの袋菓子、森永のマリービスケット。

それから、駄菓子屋のくじ引き式三角飴や、バターのように銀紙で包んだ長方形の棒付きバニラアイス。

たまにしか買ってもらえない少し値が張るおしゃれ感のある洋菓子なら〈ロイヤル〉の本物のオレンジやレモンの皮に詰まった果汁入りシャーベット、発泡スチロールの白いカップに入ったストロベリーアイスクリーム、荒木果物店のフルーツパフェ、パン屋だいふくのシュークリーム。

それから、自分のお小遣いを貯めて買っていたのは、その頃やっと出始めた、子供にはかなり高級なベイクドチーズケーキやアップルパイ。

おやつはタイムマシンだ。

ああ、普段はぜんぜん思い出さないけど、ちょっと書き出すと、次から次へと何十年も昔の熱い記憶が沸騰して吹き上がる。

おやつというものは、心の深い部分に沈殿して完全に忘れてしまうことはできないものなのかもしれない。

それはさておき、まあ、ここらへんまでは、わたしが実際に経口したおやつでした。

これらとは別に、〝目〟で食べていたおやつというものがあります。

それが、民芸おやつです。

物心がついたとき、すでに両親を中心に祖父母も民藝運動に傾倒していたという家に生まれ、民藝品に囲まれて育ちました。

両親たちは、民藝品を購入して使うだけではなく、その思想にも触れたいということで、膨大な関連書籍も購入して読んでいました。

そんな数ある我が家の蔵書の中で、わたしが子供心におもしろいと思ったのは、なんといっても毎月送られてくる、日本民藝協会が発行する機関誌『民藝』の広告ページです。『民藝』は一九五二（昭和二七）年創刊で、今和元年の二〇一九年には、ついに創刊六十四年目で八百号超えを果たした長寿雑誌。

これは雑誌受難の時代に素晴らしい快挙といえます（奇特にもおやつをテーマに掲げる本誌には、ぜひこれに続いてほしいものです）。

ところで雑誌を何のために出版するか？といえば、それはひとえに編集者が伝えたい情報を読者に届けるため……ではありますが、雑誌存続のために必要な支えは、スポンサーの広告費です。

長年『民藝』に広告を入れ続け、金銭的に支えたのは、民芸運動に賛同する各地の民芸店や料理店、それに菓子舗でした。

一九七〇年代当時は、日本各地に出来た民芸店の広告に加えて、京都〈十二段家 本店〉、〈美濃吉〉、歌舞伎町〈すずや新宿本店〉、〈ざくろ銀座店〉などの、しゃぶしゃぶやとんかつの店、松本〈珈琲まるも〉や盛岡〈可否館〉など、飲食店が広告主の常連でした。

彼らは広告だけでなく、店の内装や器、ロゴデザインやパッケージ関連なども民芸運動家に依頼していた。

民藝運動の支援者は、自分の店を民藝的な店舗デザインに設え、店内インテリアには民藝の食器や家具、絵画などを使うことで、お客さんに民藝品のよさを知らしめました。さらに店の売り上げから広告費を払って、雑誌制作の資金に提供し、理念と商業の間に円環的というか、持続可能な関係性を築いたのだ。

ちなみにこの六店は、いまも民藝インテリアの店として現存しています。

新潟市の老舗菓子舗〈里仙〉は、昭和四〇年代頃すでに『民藝』に〈栗かん〉の広告を出し続けていました。

写真〔編集部注・本書では割愛〕は「日本の菓子型」特集の昭和五四年十月号のページです。

写真はなく、墨一色で「煉切　栗かん　里仙」の文字。

子供なのでまず、煉切の読みがわからないし、〝かん〟ってなんだろう？　そして、いったいどんな味だろう？　……わからない。

時代はそろそろ、ふんだんにカラーページのある雑誌が台頭してきていた頃で、そんな中、たいへん地味ではあるが、この謎の文字面にこそ、なんかとてつもなくおいしそうと食欲が湧いたのだ。

確かにわたしはこのとき、栗かんを目で食べた。

そんなこんなで栗かんは、いつか目じゃなく、口から食べてみたいと憧れ続けたおやつだった。

実際、栗かんを口にしたのは、ずいぶん大人になってから。

秋から春にかけて期間限定で作られる栗かんは、羊羹にはないなめらかさで舌に溶けて、風味絶佳。

わたしが焦がれた栗かんの正体は、普通の栗羊羹ではなく、上生菓子と同じ煉切製法の白餡に、蜜煮した栗をたっぷり混ぜ込んだ棹物でした。

また、昭和のある年の『民藝』年頭号には、巻末に民藝協会員たちの新年会の様子をレポートする記事が載っていました。

全国から集まった協会員が、今年は地元の名物羊羹を持ち寄って食べ比べをしたというのです。

楽しそうなモノクロのスナップ写真も載ってたのですが、大人なのに飲み会じゃなく、甘味とお茶なんだと驚き、印象深かったのです。

わたしはこの時も、記事を読むことで全国の名物羊羹を目で食べた。それから、グラフィックデザイナーの岡秀行が、一九六五年に著した『日本の伝統パッケージ』に載っていた小男鹿本舗富士屋の〈霰三盆〉も目で食べた。

杉板を桜の皮で留めた丸箱には、四カ所に見事な焼き印が押され、ふたと本体は和紙を貼って封印されています。小さな四角い紙片をぴーっと引くと、糸が紙を切って開封する仕組みには感嘆しきりで、目にもうまかった。

本書は籠や樽、竹、木箱、紙包みなど、日本に根付いた古の「包む」文化を一堂に紹介した名著だが、今となってはすでに消滅したパッケージが多いことに改めて気がつきます。

そんな中、出版当時と変わらぬ形態で、現在も販売している霰三盆を、口から食べられることは口福というしかない。

今思えば、菓子研究家になったのは、わたしの中で民藝とおやつが紐付けされたことが、きっかけかもしれません。

福田里香

最期に食べるもの

平松洋子

「人生の最期《さいご》に、あなたは何を食べますか」というお定まりの質問がある。

単刀直入、きわめてわかりやすく思われて、解釈の幅は意外に広い。「最期」を、〝いまわの際《きわ》〟と捉《とら》えるひともいれば、最後に足を運びたい店はここ、と意気軒昂《いきけんこう》な自分を想定するひともいる。あるいは、「とんかつ」と答えて、「揚《あ》げ物が食べられるくらいなら、人生の最期はしばらく来ないね」とストレートな反応をされてしまい、苦笑いしていた友人の顔も思い出す。訊《き》くほうも訊かれたほうも、妙なものがぼろんと露呈《ろてい》することがあるから、よけいに訊きたくなるのかもしれない。

これまで私も何度となく訊かれてきたが、すんなり答えられたことは一度もない。「その質問、ひとつに決められなくて苦手なんです」とか「こないだは塩むすびと答えたんですが、今日はなぜかアジの干物の気分です」とか、苦心惨憺《くしんさんたん》。いやいや、考え過ぎないで、何かひとつに決めておいたのを言えばいいんですよと助言されたこともあったけれど、それでは質問の相手にも食べ物にも失礼だろうと思ってしまう。何にしても収まりがよろしくない。

最近、いっそう答えづらくなった。今年一月に父が亡くなったのだが、病室のベッドで私に向かって「食べたい」と所望したのはお菓子のビスコだった。主治医から「何でも食べさせてあげてください」と言われ、私はあわてて病院の外に飛び出してビスコの赤い箱を探した。

葬儀《そうぎ》を終え、お骨を納めた白木の箱が自宅に戻ってきて数日後、私ははっとした。

——そうか、父が最期に自分の意思で食べたのはビスコだったんだな。

満足げに小さな四角いビスコを三個囓《かじ》った数日後から病状は坂を下り、妹が持参した父の好物の饅頭《まんじゅう》も、もう食べられなかった。

電話口で、妹が言っていた。

「食べる気力がでるといいなと思って、『お父さん、明日はこのお饅頭食べようね』と見せたんだけど、呼吸器をつけたままうんうんと頷《うなず》くだけだった」

自分が最期に食べるものは、だから、しばしば自分では決められないのだ。父にしたところで、今ごろ草葉の陰で苦笑いしているかもしれない。あれが自分の最期になるんだったら、鮨《すし》とか鰻重《うなじゅう》と言えばよかったよ、なんて言いながら。

そんな打ち明け話をしていたら、友人が言った。「それにしても、なぜお父さんはビスコが食べたかったんでしょうね」。私は絶句した。遠い記憶の片鱗《へんりん》が疼《うず》いたのか、それともあの味に惹《ひ》かれたのか。ぼりぼりと何かを嚙みしだきたかったのかもしれない。しかし、父はすべてを封印《ふういん》して逝《い》ってしまったのだから、確かめる手立ては永遠にない。

「人生の最期に、あなたは何を食べますか」

幸福な質問だなと、つくづく思う。自由、生の喜び、祝祭感。だから、ひとはこのお定まりの質問を手放さないのだろう。いっぽう、果たして自分が最期に口にすることになるのは、本当は何なのか。興味はそそられるが怖くもある。

著者略歴・出典（掲載順）

長田弘　おさだ ひろし

1939年、福島県生まれ。詩人。詩集に『記憶のつくり方』『幸いなるかな本を読む人』『世界はうつくしいと』『奇跡―ミラクル―』、エッセイに『私の二十世紀書店』『本を愛しなさい』など。2015年没。

◎出典：『食卓一期一会』晶文社

平塚らいてう　ひらつからいてう

1886年、東京生まれ。1911年青鞜社を設立し、文芸誌『青鞜』を刊行。市川房枝らと新婦人協会を結成し、婦人参政権運動に尽力。日本婦人団体連合会会長、国際民主婦人連盟副会長などを務めた。1971年没。

◎出典：『暮しの手帖』1949年第4号　暮しの手帖社

円地文子　えんち ふみこ

1905年東京生まれ。劇作家から小説家へ転じる。おもな著書に『ひもじい月日』『朱を奪ふもの』『傷ある翼』『虹と修羅』『遊魂』など。『源氏物語』の現代語訳でも知られる。85年文化勲章を受章。1986年没。

◎出典：『円地文子全集　第十五巻』新潮社

内田百閒　うちだ ひゃっけん

1889年、岡山県生まれ。小説家、随筆家。著書に『冥途』『旅順入城式』『百鬼園随筆』『続百鬼園随筆』『実説艸平記』『阿房列車』『ノラや』『東海道刈谷駅』『日没閉門』など。1971年没。

◎出典：『タンタルス』ちくま文庫

玉村豊男　たまむら とよお

1945年、東京都生まれ。エッセイスト、画家、

「ヴィラデストガーデンファームアンドワイナリー」オーナー。おもな著書に『田園の快楽』『ヴィラデストの厨房から』『玉村豊男のフランス式一汁三菜』など。
◎出典：『食いしんぼグラフィティー』文春文庫

中村汀女　なかむら ていじょ

１９００年、熊本県生まれ。俳人。高浜虚子に師事し『ホトトギス』同人となる。22年に俳句誌『風花』創刊。句集『春雪』『汀女句集』ほか著書多数。80年文化功労者、84年日本芸術院賞。１９８８年没。
◎出典：『ふるさとの菓子』アドスリー

広津和郎　ひろつ かずお

１８９１年、東京生まれ。小説家。評論活動を経て小説に転じる。著書に『神経病時代』『作者の感想』『師崎行』『波の上』『わが心を語る』『風雨強かるべし』『松川裁判』『年月のあしおと』など。１９６８年没。
◎出典：『甘味　お菓子随筆』双雅房

谷崎潤一郎　たにざき じゅんいちろう

１８８６年、東京生まれ。小説家。おもな著書に『痴人の愛』『蓼喰ふ虫』『蘆刈』『春琴抄』『細雪』『少将滋幹の母』など。『源氏物語』の現代語訳でも知られる。１９４９年文化勲章を受章。１９６５年没。
◎出典：『陰翳礼讃・文章読本』新潮文庫

岡本かの子　おかもと かのこ

１８８９年、東京生まれ。小説家、歌人、仏教研究家。歌集に『かろきねたみ』『愛のなやみ』、小説に『老妓抄』『鮨』『生々流転』、随筆に『散華抄』『かの子抄』など著書多数。１９３９年没。
◎出典：『佛教讀本』大東出版社

正岡子規　まさおか しき

１８６７年、愛媛県生まれ。俳人、歌人。日本新聞社に入社し俳句革新運動を展開。おもな著書に、句集『寒山落木』、歌集『竹乃里歌』のほか、『歌よみに与ふる書』『病牀六尺』など。１９０２年没。

◎出典：『仰臥漫録』岩波書店

徳川夢声　とくがわ むせい

１８９４年、島根県生まれ。放送芸能家、随筆家、俳優。映画の弁士、ラジオ・テレビの司会者、出演者として活躍。ラジオ朗読『宮本武蔵』で国民的人気を得る。『夢声戦争日記』『夢声自伝』など著書多数。１９７１年没。

◎出典：『甘味　お菓子随筆』双雅房

井上ひさし　いのうえ ひさし

１９３４年、山形県生まれ。作家、劇作家。『道元の冒険』で岸田國士戯曲賞、小説『手鎖心中』で直木賞を受賞。84年に劇団「こまつ座」を旗揚げ。２００４年文化功労者、09年日本芸術院賞。２０１０年没。

◎出典：『家庭口論』中公文庫

林望　はやし のぞむ

１９４９年、東京都生まれ。作家、書誌学者。おもな著書に『イギリスはおいしい』『イギリスは愉快だ』『ケンブリッジ大学所蔵和漢古書総合目録』（共著）『謹訳 源氏物語』など。歌曲の詩作、能評論なども多数手がける。

◎出典：『大増補・新編輯　イギリス観察辞典』平凡社

村上春樹　むらかみ はるき

１９４９年、京都府生まれ。小説家。『羊をめぐる冒険』『世界の終りとハードボイルド・ワンダーランド』『ノルウェイの森』『ねじまき鳥クロニクル』『海辺のカフカ』『１Ｑ８４』『騎士団長殺し』ほか、エッセイ、訳書も多数。

◎『おおきなかぶ、むずかしいアボカド　村上ラヂオ2』マガジンハウス

角田光代　かくた みつよ

１９６７年、神奈川県生まれ。小説家。２００５年に『対岸の彼女』で直木賞を受賞。『幸福な遊戯』『空中庭園』『八日目の蝉』『ツリーハウス』『紙の月』『私のなかの彼女』『坂の途中の家』など著書多数。

◎出典：『おやつマガジン』vol.1　おやつマガジン編集部

北原白秋　きたはら はくしゅう

１８８５年、福岡県出身。詩人、歌人。木下杢太郎らと「パンの会」を創設し、耽美主義文学運動を起こす。「朱欒」「ＡＲＳ」「近代風景」など創刊。著書に『邪宗門』『思ひ出』ほか。１９４２年没。

◎出典：『桐の花　抒情歌集』東雲堂書店

水木しげる　みずき しげる

１９２２年、鳥取県出身。漫画家、妖怪研究家。『ゲゲゲの鬼太郎』『日本妖怪大全』『河童の三平』『悪魔くん』『総員玉砕せよ！』など作品多数。２０１０年文化功労者。２０１５年没。

◎出典：『わたしの日々』小学館

池波正太郎　いけなみ しょうたろう

１９２３年、東京生まれ。小説家、劇作家。60年

『錯乱』で直木賞を受賞。『鬼平犯科帳』『剣客商売』『仕掛人藤枝梅安』などの人気シリーズで知られ、食に関する随筆や映画評論も多く手がけた。１９９０年没。
◎出典：『むかしの味』新潮文庫

安岡章太郎　やすおかしょうたろう

１９２０年、高知県生まれ。小説家。53年に「陰気な愉しみ」「悪い仲間」で芥川賞を受賞。『海辺の光景』『幕が下りてから』『流離譚』『果てもない道中記』など著書多数。２００１年文化功労者。２０１３年没。
◎出典：『文士の友情　吉行淳之介の事など』新潮文庫

吉行淳之介　よしゆきじゅんのすけ

１９２４年、岡山生まれ。小説家、エッセイスト。54年、『驟雨』で芥川賞受賞。『不意の出来事』『星と月は天の穴』『暗室』『鞄の中身』『夕暮まで』『人工水晶体』など著書多数。１９９４年没。
◎出典：『ややのはなし』小学館

芥川龍之介　あくたがわりゅうのすけ

１８９２年東京生まれ。作家。東京帝国大学在学中に『新思潮』に参加し『鼻』が夏目漱石に認められる。『羅生門』『戯作三昧』『地獄変』『奉教人の死』『杜子春』『藪の中』『河童』『歯車』『或阿呆の一生』など著書多数。１９２７年没。
◎出典：『芥川龍之介全集　第二十巻』岩波書店

森三千代　もりみちよ

１９０１年、愛媛県生まれ。詩人、小説家。夫は詩人の金子光晴。おもな著書に、詩集『竜女の眸』、小説『巴里の宿』『金色の伝説』『小説和泉式部』『巴里アポロ座』『豹』など。１９７７年没。
◎出典：『甘味　お菓子随筆』双雅房

木下杢太郎《きのした もくたろう》

１８８５年、静岡県生まれ。詩人、劇作家、医学者。「パンの会」「スバル」「屋上庭園」に参加し、戯曲、小説、美術評論を手がけた。おもな著作に詩集『食後の唄』、戯曲『和泉屋染物店』『南蛮寺門前』など。１９４５年没。

◎出典：『甘味　お菓子随筆』双雅房

武井武雄《たけい たけお》

１８９４年、長野県生まれ。童画家。雑誌「コドモノクニ」「キンダーブック」などで活躍。版画や絵本の制作、創作童話、造本にも力を注いだ。著書に『本とその周辺』、画文集『戦後気儘画帳』など。１９５９年紫綬褒章を受章。１９８３年没。

◎出典：『日本郷土菓子図譜』イルフ童画館蔵

深沢七郎《ふかざわ しちろう》

１９１４年、山梨県生まれ。小説家。『楢山節考』『東北の神武たち』『笛吹川』『風流夢譚』『みちのくの人形たち』など著書多数。「ラブミー農場」や今川焼屋「夢屋」の経営、ギターリサイタルの開催など幅広く活躍した。１９８７年没。

◎出典：『生きているのはひまつぶし』光文社文庫

小川糸《おがわ いと》

１９７３年、山形県生まれ。小説家。『食堂かたつむり』『つるかめ助産院』『ツバキ文具店』『キラキラ共和国』『ライオンのおやつ』『とわの庭』『椿ノ恋文』『小鳥とリムジン』ほか、エッセイの著書も多数。

◎出典：『旅ごはん』白泉社

いしいしんじ

１９６６年、大阪府生まれ。小説家。おもな著書に『ぶらんこ乗り』『麦ふみクーツェ』『ある一日』『悪声』『トリツカレ男』『プラネタリウムのふたご』『ポーの話』『みずうみ』など。エッセイの著書も多数。

◎出典：『きんじよ』ミシマ社

土井善晴　どい よしはる

１９５７年、大阪府生まれ。料理研究家。十文字学園女子大学副学長。東京大学先端科学研究センター上級客員研究員。おもな著書に『一汁一菜でよいという提案』『くらしのための料理学』『味つけはせんでええんです』『料理と利他』（共著）など。２０２２年度文化庁長官表彰受賞。

◎出典：『dancyu』２０１６年6月号　プレジデント社

若菜晃子　わかな あきこ

１９６８年、兵庫県生まれ。編集者、文筆家。山と溪谷社にて『wandel』編集長、『山と溪谷』副編集長を経て独立。おもな著書に『地元菓子』『街と山のあいだ』『旅の断片』『途上の旅』『旅の彼方』など。『mürren』編集・発行人。

◎出典：『東京甘味食堂』本の雑誌社、講談社文庫

岡本仁　おかもと ひとし

１９５４年、北海道生まれ。編集者。マガジンハウスにて『BRUTUS』『relax』『ku:nel』などの雑誌編集に携わる。おもな著書に『果てしのない本の話』『また旅。』『HERE TODAY』『ぼくのコーヒー地図』『ぼくの酒場地図』など。

◎出典：『私の好きなもの 暮しのヒント１０１』とんぼの本　新潮社

カレー沢薫 かれーざわ かおる

1982年、山口県生まれ。漫画家、コラムニスト。おもな著書に漫画『クレムリン』『アンモラル・カスタマイズZ』『ひとりでしにたい』『きみにかかわれるまえに』、エッセイに『負ける技術』『ブスの本懐』など。

◎出典：『ひきこもりグルメ紀行』ちくま文庫

増谷和子 ますたに かずこ

1938年、鳥取県生まれ。父は写真家の植田正治。62年に増谷牧夫氏と結婚、95年に故郷・境港に戻る。正治の晩年をともに暮らし、身のまわりの世話から運転手、撮影助手をつとめた。2018年没。

◎出典：『カコちゃんが語る　植田正治の写真と生活』平凡社

江戸川乱歩 えどがわ らんぽ

1894年、三重県生まれ。小説家。名探偵明智小五郎シリーズ、『二銭銅貨』『D坂の殺人事件』『心理試験』『人間椅子』『パノラマ島奇譚』『鏡地獄』など著書多数。1965年没。

◎出典：『うつし世は夢』江戸川乱歩推理文庫　講談社

杉山龍丸 すぎやま たつまる

1919年、福岡県生まれ。父は小説家の夢野久作。戦後、福岡で杉山農園を経営。55年国際文化福祉協会を創設。私財を投げ打ちインドの緑地化を推進した。著書に『グリーンファーザーの青春譜』『砂漠緑化に挑む』など。1987年没。

◎出典：『わが父・夢野久作』三一書房

沢村貞子 さわむら さだこ

1908年、東京生まれ。俳優、エッセイスト。

「赤線地帯」「西鶴一代女」など、多数の映画、テレビ、舞台に出演。著作に『貝のうた』『私の浅草』（日本エッセイスト・クラブ賞受賞）『わたしの献立日記』などがある。１９９６年没。

◎出典：『私の浅草』暮しの手帖エッセイライブラリー①
暮しの手帖社

岸田國士　きしだくにお

１８９０年、東京生まれ。劇作家、小説家。フランスで演劇を研究。「文学座」創設に携わり、日本の新劇運動を率いた。おもな著作に戯曲『チロルの秋』『紙風船』『牛山ホテル』、小説『由利旗江』『暖流』など。１９５４年没。

出典：『甘味　お菓子随筆』双雅房

吉本隆明　よしもと たかあき

１９２４年、東京生まれ。詩人、文芸批評家、思想家。『夏目漱石を読む』『吉本隆明全詩集』『共同幻想論』『言語にとって美とはなにか』『ハイ・イメージ論』『親鸞』『超「戦争論」』『超恋愛論』『日本語のゆくえ』など著書多数。２０１２年没。

◎出典：『開店休業』（ハルノ宵子との共著）幻冬舎文庫

立原えりか　たちはら えりか

１９３７年、東京生まれ。童話作家。『人魚のくつ』『でかでか人とちびちび人』『木馬がのった白い船』『うたってよ、わたしのために』『あんず林のどろぼう』『王女の草冠』『立原えりかのグリム童話』など著書多数。

出典：『別冊太陽　日本のこころ36　和菓子歳時記』平凡社

小川洋子　おがわ ようこ

１９６２年、岡山県生まれ。91年に『妊娠カレンダー』で芥川賞、２０１３年に『ことり』で芸術選奨文部科学大臣賞を受賞。『博士の愛した数式』『ブラフマンの埋葬』『ミーナの行進』『薬指の標本』『小箱』など著書多数。
◎出典：『博士の本棚』新潮社

森絵都《もりえと》

1968年、東京都生まれ。小説家。『風に舞いあがるビニールシート』で直木賞を受賞。『DIVE!!』シリーズ、『宇宙のみなしご』『カラフル』『みかづき』『カザアナ』『獣の夜』など著書多数。
◎出典：『屋久島ジュウソウ』集英社

ウー・ウェン

1963年、北京生まれ。料理家。90年に来日。東京でクッキングサロンを主宰。『ウー・ウェンの北京小麦粉料理』『料理の意味とその手立て』『本当に大事なことはほんの少し』など著書多数。
◎出典：『北京の台所、東京の台所』ちくま文庫

伊藤まさこ《いとうまさこ》

1970年、神奈川県生まれ。スタイリスト。『毎日ときどきおべんとう』『母のレシピノートから』『あっちこっち食器棚めぐり』『伊藤まさこの食材えらび』『する、しない。』など著書多数。
◎出典：『おやつのない人生なんて』筑摩書房

伊藤理佐《いとうりさ》

1969年、長野県生まれ。漫画家。おもな著作に『おるちゅばんエビちゅ』『おいピータン!!』など。2006年、『おんなの窓』『女いっぴき猫ふたり』など一連の作品で手塚治虫文化賞短編賞を受賞。
◎出典：『ステキな奥さん ぶはっ』朝日新聞出版

甘糟幸子《あまかすさちこ》

1934年、静岡県生まれ。作家、エッセイスト。

60年に向田邦子らと女性3人によるフリーライター事務所「ガリーナクラブ」を開く。おもな著書に『野草の料理』『野生の食卓』『花と草木の歳時記』『楽園後刻』『白骨花図鑑』など。

◎出典：『料理発見』アノニマ・スタジオ

開高健　かいこう たけし

1930年、大阪府生まれ。小説家、随筆家。58年『裸の王様』で芥川賞を受賞。『ベトナム戦記』『輝ける闇』『もっと遠く!』『もっと広く!』『オーパ!』『玉、砕ける』など著書多数。1989年没。

◎出典：『食の王様』ハルキ文庫

獅子文六　しし ぶんろく

1893年、神奈川県生まれ。小説家、劇作家、演出家。著書に『金色青春譜』『悦ちゃん』『信子』『南の風』『海軍』『てんやわんや』『自由学校』『大番』など。63年日本芸術院賞。69年文化勲章受章。1969年没。

◎出典：『獅子文六全集　第十五巻』朝日新聞社

寺田寅彦　てらだ とらひこ

1878年、東京生まれ。物理学者、随筆家。地球物理学・実験物理学を研究し、東京大学教授となる。夏目漱石に師事し、随筆・俳句を数多く発表。著書に『冬彦集』『藪柑子集』『蒸発皿』など。1935年没。

◎出典：『寺田寅彦全集　第二巻』岩波書店

堀口大學　ほりぐち だいがく

1892年、東京生まれ。詩人、フランス文学者、翻訳家。おもな著書に訳詩集『月下の一群』、詩集『月光とピエロ』など。1970年文化功労者、79年文化勲章を受章。1981年没。

◎出典：『甘味　お菓子随筆』双雅房

宇野千代　うのちよ

1897年、山口県生まれ。小説家、エッセイスト、編集者。『色ざんげ』『おはん』『或る一人の女の話』『生きて行く私』など著書多数。1990年、文化功労者。1996年没。

◎出典：『甘味　お菓子随筆』双雅房

尾崎士郎　おざきしろう

1898年、愛知県生まれ。小説家。おもな著書に『人生劇場――青春篇』『石田三成』『高杉晋作』『天皇機関説』など。1964年没。同年、文化功労者。

◎出典：『甘味　お菓子随筆』双雅房

石川啄木　いしかわたくぼく

1886年、岩手県生まれ。歌人、詩人。おもな著書に歌集『あこがれ』『一握の砂』『悲しき玩具』、詩集『呼子と口笛』、評論に『時代閉塞の現状』など。1912年没。

◎出典：『啄木全集 第四巻　評論・感想』筑摩書房

佐藤春夫　さとうはるお

1892年、和歌山県生まれ。詩人、小説家、評論家。おもな著書に、『殉情詩集』、小説『西班牙犬の家』『田園の憂鬱』『都会の憂鬱』『晶子曼陀羅』、評論随筆集『退屈読本』など。1960年文化勲章を受章。1964年没。

◎出典：『甘味　お菓子随筆』双雅房

木村荘八　きむらしょうはち

1893年、東京生まれ。洋画家。岸田劉生と交わり、ヒュウザン会を結成。油絵のほか、永井荷風『濹東綺譚』をはじめ挿絵や随筆でも活躍した。著書に『風俗帖』『東京今昔帖』『東京繁盛記』など。1958年没。

◎出典：『甘味　お菓子随筆』双雅房

片山廣子　かたやま ひろこ

１８７８年、東京生まれ。東洋英和女学校で英語教育を受け、「松村みね子」の名でグレゴリー夫人、バーナード・ショウ、ジョン・シング、イェーツ、ダンセイニ卿など海外文学の翻訳を手がけた。１９５７年没。

◎出典：『燈火節』暮しの手帖社

長新太　ちょう しんた

１９２７年、東京生まれ。漫画家、絵本作家。おもな著書に、絵本『おしゃべりなたまごやき』『キャベツくん』『ごろごろにゃーん』、漫画『なんじゃもんじゃ博士』など。94年、紫綬褒章を受章。２００５年没。

◎出典：『チンプンカンプントンチンカン①』トムズボックス

田辺聖子　たなべ せいこ

１９２８年、大阪府生まれ。小説家、エッセイスト。64年『感傷旅行（センチメンタル・ジャーニィ）』で芥川賞を受賞。『花衣ぬぐやまつわる…わが愛の杉田久女』『ひねくれ一茶』など著書多数。２００８年文化勲章を受章。２０１９年没。

◎出典：『ひよこのひとりごと　残るたのしみ』中央公論新社

片山令子　かたやま れいこ

１９４９年、群馬県生まれ。詩人、絵本作家。絵本『たのしいふゆごもり』『おつきさまこっちむいて』『もりのてがみ』、詩集『贈りものについて』『夏のかんむり』『雪とケーキ』など著書多数。２０１８年没。

◎出典：『惑星』港の人

福田里香　ふくだりか

1962年、福岡県生まれ。菓子研究家。『まんがキッチン』『新しいサラダ』『民芸お菓子』『いちじく好きのためのレシピ』『季節の果物でジャムを炊く』『フード理論とステレオタイプ50』など著書多数。

◎出典：『おやつマガジン』vol.1　おやつマガジン編集部

平松洋子　ひらまつようこ

1958年、岡山県生まれ。作家、エッセイスト。『買えない味』（第16回Bunkamuraドゥマゴ文学賞）『野蛮な読書』（第28回講談社エッセイ賞）『父のビスコ』（第73回読売文学賞）など著書多数。

◎出典：『ベスト・エッセイ2020』日本文藝家協会編、光村図書出版

・各作品の表記は原則として底本に従いましたが、漢字については新字体を採用しました。また、一部の作品は現代かな遣いに改め、読みやすさを考慮して適宜ルビを補いました。

・収録に際し、エッセイの前後を省略、または表記を一部修正した作品があります。また原則として、出典に掲載された挿絵や写真は割愛しました。

・今日の観点からは不適切と思われる語句や表現がありますが、作品が発表された当時の時代背景や文学性を考慮し、作品を尊重して原文のまま掲載しました。

・掲載にあたり、著作権者の方とご連絡が取れなかったものがあります。お心当たりのある方は編集部までご一報いただきますようお願いいたします。

◎撮影

箕輪徹（カバー表）

◎写真・図版提供

岡谷市／イルフ童画館（カバー裏・表紙、p.116-119）

毎日新聞社（p.85）

朝日新聞社（p.11, p.149, p.193）

作家とおやつ

◎編者＝平凡社編集部　◎発行者＝下中順平　◎発行所＝株式会社平凡社　〒101・0051　東京都千代田区神田神保町3ノ29　☎＝03・3230・6573（営業）　https://www.heibonsha.co.jp/　◎印刷＝株式会社東京印書館　◎製本＝大口製本印刷株式会社　　◎ISBN978-4-582-74716-4　◎落丁・乱丁本のお取り替えは小社読者サービス係までお送りください（送料小社負担）。

2025年4月15日　初版第1刷発行

【お問い合わせ】
本書の内容に関するお問い合わせは
弊社お問い合わせフォームをご利用ください。
https://www.heibonsha.co.jp/contact/

コロナ・ブックス好評既刊

作家のおやつ

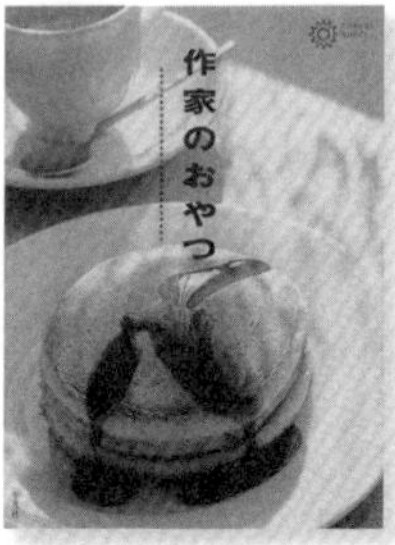

三島由紀夫、開高健、手塚治虫、池波正太郎、植草甚一、植田正治、向田邦子など31人の作家が日頃食したお菓子やフルーツを紹介。甘さ、辛さのなかに作家の隠された素顔が現れる。

作家のお菓子

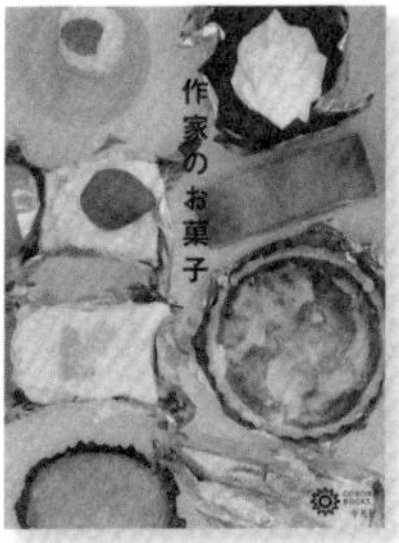

シリーズ好評の「作家のおやつ」、待望の続編。谷崎潤一郎、野坂昭如、森村桂、ナンシー関、水木しげるほか、多数掲載。おやつにこだわる作家らのエピソードを一挙公開。

作家の珈琲

喫茶店でいただくいつもの珈琲。おいしいお菓子をお茶請けに——。作家と珈琲の深い関係、愛すべきエピソードが満載。三島由紀夫、井上ひさし、鴨居羊子、古今亭志ん朝、茨木のり子ほか多数。

作家の酒

井伏鱒二の愛した居酒屋、中上健次とゴールデン街、池波正太郎はそばで日本酒、山田風太郎は自宅でチーズの肉巻きにウイスキー、赤塚不二夫の宴会……作家30人の酒人生！

好評既刊

作家と珈琲

毎日の食卓で、行きつけの喫茶店で、異国の地で味わう、一杯の珈琲。茨木のり子、串田孫一、植草甚一、織田作之助、池波正太郎、林芙美子らによるエッセイ、詩、短歌、俳句、漫画、写真資料など、珈琲の香りただよう52篇を収録。

作家と酒

酒呑みへ捧ぐ、作家と酒をめぐる44編！開高健、吉田健一、赤塚不二夫、中上健次、さくらももこ、内田百閒ほか、46名の作家の酒にまつわるエッセイ、詩、漫画、写真資料を収録。ほろ酔い、泥酔、二日酔い……そして今宵も酒を呑む。

作家とおしゃれ

昭和の文豪のこだわりの着こなし、現代の作家が憧れた一着、漫画家のお気に入りのアイテム……。宇野千代、江戸川乱歩、室生犀星、森茉莉、今和次郎、安西水丸ほか、特別な日の晴れ着から日々の生活を彩る普段着まで、「装う」楽しみが詰まった46篇を収録。